グアムの探偵

JN230265

松岡圭祐

角川文庫
21234

目次

前書きにかえて

株式会社スマ・リサーチ代表取締役　須磨《すま》康臣《やすおみ》

愛人を連れた中年男は、みなグアムに行きたがる。片道四時間、気軽に飛べる海外、それだけが理由ではない。探偵の追跡を撒《ま》けるからだ。

なにも探偵が旅費を渋りがちという意味ではない。日本には探偵業法という法律がある。探偵を名乗るにも公安委員会に届け出が必要になる。他人を尾《つ》けまわすのが許されるのは、この探偵業法に支えられているからだ。

ところが海外では法的効力がない。浮気男を追いまわし、隠し撮りをしたのでは、探偵のほうが犯罪者あつかいをされてしまう。

だから追跡対象がグアムに飛んだ場合、日本の探偵は現地の同業者を頼る。汐留《しおどめ》に調査会社を持つ私が、ときおりグアムへと渡るのも、そんな理由だった。都内在住の金持ちが愛人を連れ、タモン地区のホテルにしけこむたび、グアムの探偵に証拠を押さえてもらいに行く。

デデドのマイクロネシアモール近くに、イーストマウンテン・リサーチ社はある。照りつける強烈な陽光がどこか爽《さわ》やかで、青く澄んだ空に椰子《やし》の木も涼しげに揺れる、そんな州道1号線に面した、アーリーアメリカン調平屋建ての事務所。七十七歳のゲンゾー・ヒガシヤマと、彼の長男で四十九歳のデニス・ヒガシヤマ、さらにその息子で二十五歳のレイ・ヒガシヤマ。三代の日系人一家が揃って経営する、グアムの探偵事務所だった。

日本の探偵は誰でもなれるし、仕事といえば浮気者を追いまわすばかりだ。グアムでいう探偵とは、準州政府公認の私立調査官であり、れっきとした法の執行者になる。権限の大きささも日本と比較にならない。民事だけでなく刑事事件にも首を突っこめるし、調査結果は公判に正式な証拠として採用される。拳銃《けんじゅう》の携帯許可も受けている。イーストマウンテン・リサーチ社は警備会社も兼ねるため、要人警護の資格までも有する。

格のちがいを感じずにはいられない。なのに彼らは、浮気調査のための尾行という下世話な仕事も、嫌がらず引き受けてくれる。

私の担当はたいてい、二十五歳のレイ・ヒガシヤマだった。クオーターの血のなせるわざか、この青年は日系人ながらじつにハンサムなルックスを誇る。黒髪は清潔で短く、細面の小顔が褐色に染まり、切れ長の目や高い鼻、りりしく結んだ口が適正に配置されている。背もすらりと高く、襟付きの半袖《はんそで》シャツにジーパンというラフなスタイルも、レイが着ていればさまになる。

クオーターのレイの父、四十九歳のデニスはハーフだが、やはり黒髪に黒い瞳《ひとみ》で、日本の血が優性に思える。中年なのを除けば、顔だちは息子に重なるものの、眼光はもっと鋭い。痩《や》せてはいるが筋肉質でもある。ロサンゼルス市警に勤めた過去ゆえかもしれない。グアムにかぎらずアメリカの探偵は、警官出身が半数を占める。彼は日本人妻を娶《めと》った。

レイの祖父にしてデニスの父、七十七歳のゲンゾー・ヒガシヤマは、アメリカ市民権を得た元警官ながら、純血の日本人だ。白髪頭に皺《しわ》だらけの顔ながら矍鑠《かくしゃく》としている。渡米したのは幼少期で、フランス系アメリカ人の妻と結婚、デニスが生まれた。

ヒガシヤマ一家、とりわけレイの慧眼《けいがん》と類稀《たぐいまれ》なる思考力には、何度となく感心させられてきた。実際、彼らの働きによって救われた日本人観光客は数知れない。

イーストマウンテン・リサーチ社の事件簿のいくつかを、出版というかたちでここに紹介できることは、私にとっての誇りである。本場の探偵の活躍ぶりが広く知られ、日本の探偵業法の見直しや権限の拡大につながれば、それ以上の喜びはない。

第一話　ソリッド・シチュエーション

1

グアムには十八万人しか住んでいない。これでも徐々に増えているほうだ。東京二十三区よりも狭いグアムは、さらに面積の三分の一を米軍基地が占める。市民の居住区域はそれ以外になる。そんな島で探偵稼業となれば、気楽そのものに思われがちだ。けれども実態はそうでもない。

二十五歳のレイ・ヒガシヤマは、サリーン・マスタング・ロードスターの幌《ほろ》を開け、晴天の空の下に走らせていた。朝の陽射しはまだ赤みを帯び、天を突く椰子《やし》の木をセピアいろに染める。潮騒《しおさい》が耳に届こうとも、吹きつける風は穏やかだった。子供のころは台風が頻繁にきていたが、どういうわけか最近はさっぱり寄りつかない。気候変動というやつだろうか。

ハガニア湾に面したジョーンズタウンの住宅街から、デデドの事務所へ向かう途中、繁華街のタモン地区を横切る。洒落《しやれ》たショッピングモールが軒を連ねる、この島随一の都会。とはいえかなりのんびりした空気が漂う。英文の看板に彩られた街並みは、空間的なゆとりを有するうえ、どこも綺麗《きれい》に保たれていた。島育ちのレイの目にも、ポップで艶《つや》やかな景観に映る。

だがこの界隈《かいわい》はテーマパークのようなものだった。観光客向けに日本や中国の企業が投資し、商業施設を林立させたが、ハワイのワイキキほどの賑《にぎ》わいもない。ほどなく上り坂を抜け、また風景が閑散としてくる。アメリカの準州ながら、どこへ行こうと素朴な田舎。それがグアムという島だった。

マリン・ドライブを東へと向かい、マイクロネシアモール近くにある事務所の駐車場に乗りいれる。建物のなかは経営者用と事務職員用のふたつのオフィスからなる。窓にブラインドを下ろしていても、なお明るい経営者用オフィスには、一家のデスクが三つ縦列に並んでいた。

いつもポロシャツ姿の父、四十九歳のデニス・ヒガシヤマが顔をあげた。「ゆうべサム・ステーキハウスの店主から依頼があったな。どうだった?」

レイはサングラスを外し、キーケースとともに自分のデスクに投げだした。「タモンには交番があるから、そっちを頼れといってやりたくなった」

「もめごとか?」

「日本人ツアー客のなかに、疲れてホテルで休んでる人がいて、誰かが欠席だといった。すると近くにいた韓国人ツアー客らが、悪口をいわれたと思って怒りだした」

「ああ」デニスが苦笑した。「韓国語でケセキは犬野郎って意味だな。悪態をつかれたと勘ちがいしたわけか」

「店主のジョーは、交番じゃ言葉が通じないから、うちに電話したってさ。喧嘩《けんか》の仲裁が探偵の仕事だなんて初めて知ったよ。しだいに日韓ツアー客はアイズワンの話題で打ち解けてきて、最後は仲直りしてビールで乾杯、俺もつきあわされた」

「運転して帰ったのか」

「いや。ジョーに送ってもらった。それが報酬がわりだって」

「そのていどの仕事じゃしようがないな。頼られてればそのうち、稼ぎにつながる仕事が舞いこんでくる」

給湯室のドアから、七十七歳の祖父がぶらりとでてきた。コーヒーカップを手にしている。ゲンゾー・ヒガシヤマの皺《しわ》だらけの顔が見つめてきた。「なんだ、レイ。もうきとったのか。ひとっ走りマイクロネシアモールのペイレスへ行ってくれんか」

デニスが首を横に振った。「親父。レイに宝くじを買いに行かせる気か。勤務時間内だぞ」

「固いことというな」ゲンゾーがデスクの肘《ひじ》掛け椅子におさまった。「それともほかに、大儲《おおもう》けできる希望を持っとるのか。まさか探偵のしょぼい仕事の報酬をあてこんどるんじゃないだろうな」

「親父」デニスがやれやれという表情になった。「俺たち三人とも、探偵が生業《なりわい》だろ」

レイはきいた。「宝くじ？」

ゲンゾーがコーヒーをすすりながら応じた。「いまは夏だ。スポーツビンゴをやらんでどうする」

あきれた話だとレイは思った。「去年の春に日本人が当てたって噂、どの家庭でも三日にいちどは話題にのぼるらしいね。じっちゃんも感化されたとか？」

するとゲンゾーが真顔でいった。「どこだったか、日系旅行会社の……。そうだ、JDIの社員が当選したと報道されとった。実名はわからんが未婚で、同僚からメアリー・スーという仇名《あだな》をつけられとったとか。女性だな。賞金に盗難保険をかけたらしい。その筋から調べあげて友達になれば、おこぼれに与《あずか》れるかもしれん」

デニスの眉間《みけん》に皺が寄った。「それでも俺と同じ元警官かよ」

「おまえはロス市警を懲戒解雇になった身だろうが。一家の恥だ」

「いまじゃ探偵って仕事に誇りを感じてる。親父が権威を失墜させないうちはな」

「同感だね」レイは自分の席についた。「父さんとじっちゃんの強い勧めで、警察学校の研修とペーパーテストを受け、探偵の資格を取得してみれば、危うく宝くじのパシリにされかけ、保険会社への不正な調査を命じられるところだった」

ゲンゾーがじろりと見つめてきた。「不満か？　なら日本で職を探せ」

「京都で募集してた漬物屋の店番になりゃよかったよ。重石《おもし》がわりに座ってりゃいいってさ」

「はん」デニスが鼻を鳴らした。「親父にうってつけだ」

レイはつられて笑った。ゲンゾーはぶつぶつと悪態をつきながら、コーヒーカップを口に運んだ。はた目からは罵《ののし》りあいのように見えるかもしれないが、誰ひとり傷ついていない。いつもどおりの家族、職場の日常風景だった。

ふいにガラス戸が開いた。来客らしい。外周は接客用カウンターになっている。その向こうに若い女性が姿を現した。

巻き髪にマキシワンピース、一見して観光客とわかる。年齢は二十歳前後か。不安げな面持ちで声をかけてきた。「あのう」

日本語だった。レイは立ちあがって応じた。「なにか？」

急ぎの用件にちがいないとレイは感じた。女性の肌は白かったが、顔や肩が斑点《はんてん》状に赤く染まっている。ふだんは日焼け止めクリームを念入りに塗っているものの、きょうにかぎりそんな余裕もなく外出したらしい。

女性がいった。「わたし、佐伯結菜《さえきゆな》といいます。友達と一緒に旅行にきてるんですが、その友達がどこかへ行っちゃって」

デニスが結菜なる女性を見つめた。「警察に相談しましたか」

「はい」結菜がうなずいた。「英語でなんとか話して、捜索願というんですか、それの提出にこぎつけました。でもろくに動いてくれません。どこの海岸でおぼれたかわかれば、沿岸警備隊が捜索してくれるそうですが、彼女は朝の散歩中にいなくなったんです」

届け出が受理されたからには、失踪《しっそう》後二十四時間以上は経過しているのだろう。レイは結菜にきいた。「お友達の名前と、なにか顔や容姿がわかる物は？」

結菜がスマホを操作し、画面を向けてきた。「名前は鈴本優里奈《すずもとゆりな》。わたしと同じ、弥谷《やたに》大学教育学部の三年、二十一歳です」

波打ちぎわでたたずむ女性の静止画だった。痩身《そうしん》にパレオを巻いている。丸顔に大きな瞳《ひとみ》。アジア人は年齢より若く見られがちだが、この優里奈という女性の場合、十代の少女も同然の幼さを漂わせる。

もっとも女性の場合、化粧によって顔だちが変わる。レイは結菜に目を向けた。

「すっぴんに近い写真はありますか」

「彼女はふだんからナチュラルメイクですけど、そうですね」結菜はスマホの画面に指を滑らせた。「去年のですが、これが素顔に近いかなと」

睫毛《まつげ》のエクステがなくなったぶん、目もとの特徴がはっきりしていた。より童顔だとわかる。ぼやけた背景には、わずかに洋館らしきものが映りこんでいた。グアムで撮ったのではないと判断できる。レイはつぶやいた。「日本ですね」

「はい、宮古島《みやこじま》です。どうしてわかるんですか」

「家の屋根にテレビアンテナがあるからです。グアムでは米軍基地への電波妨害になるので、どの家庭もケーブルテレビです」レイは結菜を見つめた。「海がお好きなんですか」

「ええ、わたしと優里奈でよく、あちこちの海へ行きます。インスタグラムにも写真をあげていて」

「グアムは初めてですか」

「いいえ。一緒にきたのは二度目です。今年の春休み以来で」

「では不案内というわけではないんですね」

「前はタモン地区のホテルに泊まってましたが、今回はレンタカーを借りてコンドミニアム暮らしをしてるので」

ゲンゾーが口をはさんだ。「慣れてきたころがいちばん危ない」

結菜は戸惑いのいろを浮かべた。「治安は悪くないはずですよね？」

「いや」ゲンゾーの視線が結菜に向いた。「整備された住宅街がごく少ないのはご存じかな？　地元の人間が暮らすコミュニティは柵《さく》に囲まれとる。主婦は強盗対策に拳銃《けんじゅう》を買って、射撃の講習にでかけとります。野良犬ばかりか野良鶏がうろつき、停電や断水も頻繁に起こる。観光地以外、安全とはいえません」

「でも」結菜が不服そうにゲンゾーを見かえした。「なぜ警察は優里奈を探してくれないんでしょう。どこかにいたら知らせるって、それだけなんです」

「年間五千人もの日本人が、海外で行方不明になっとる。グアムでも頻繁に失踪騒ぎがあります。たいてい旅仲間と喧嘩《けんか》して、ひとりで帰国してしまったとか、別の宿に泊まっとるとか、そんな状況ばかりでな。ひょっこり再会できたりするもんです」

「わたしは優里奈と喧嘩なんかしてません」

「気分を害したのなら申しわけない。しかしお嬢さん、日本で行方不明者届をだした場合でも、警察の対応は似たようなもんですよ」

デニスが立ちあがり、カウンターに近づいてきた。「どの国でも捜索願や行方不明者届は、ただ警察に失踪の事実を把握させるだけの手続きです。捜査員を動員して積極的に探しまわるわけじゃありません。事件性があきらかでないかぎりは」

結菜が潤みがちな目で切実にうったえてきた。「スマホを持ってるはずなのに電話にでないんです。ラインもSMSもだめです。なにかあったんですよ。だから検索して、こちらを知ったので、ただちにうかがおうかと」

レイはうなずいてみせた。「的確な判断です。人探しには探偵が力になりますよ。いま時間ありますか」

「ええ。もちろんです」

「では隣りの応接室へどうぞ」レイはドアを指ししめした。「詳しく話をききます」

2

鈴本優里奈は目覚めたとき、自分がベッドに横たわっていると気づいた。シーツの感触が異なる。いつも休んでいるコンドミニアムの寝室ではない。天井の眺めもちがう。

跳ね起きようとしたが、あらゆる感覚が鈍かった。全身がひどく重くてだるい。寝返りをうつと、やはり見覚えのないパイプベッドだとわかる。マットレスは粗末で、ほつれた角から古綿がのぞいていた。

着ている服に目を落とす。花柄のマキシワンピースを眺めるうち、急速に記憶がよみがえってきた。

グアム滞在も一週間が過ぎていた。タモン湾を一望できる丘の上にあるコンドミニアムは、当初こそ商業施設が近くになく不便に感じたが、やがてひとけのない周辺の散策が好きになった。

何日前の朝かはわからない。友達の結菜はまだ寝ていた。前日に飲んだワインのせいだろう、早起きを求めるのは難しそうだった。優里奈はひとりで外出した。草原に点在する椰子《やし》の木を見上げながら、まだ涼しい潮風を全身に感じていた。

やがて木陰のベンチに腰かけた。朝の散歩ではいつもそうしてきた。するとひとりの男が近づいてくるのが見えた。浅黒い顔に痩身、Tシャツにジーパン姿。島の住人のように思えた。年齢は三十すぎか。まっすぐ優里奈のほうへ向かってきた。会釈しようとしたとき、男はいきなりスプレー缶を優里奈に向けた。

霧状のなにかを噴出されたのは覚えている。意識は徐々に遠のいたのではない、唐突に途絶えた。気づけばこのベッドの上だった。

優里奈のなかに不安がひろがりだした。反射的に身体が動いた。ベッドから抜けだすと、冷たい床の感触を足の裏に感じる。めまいをこらえながらふらふらと歩いた。

窓のない室内は納戸かもしれない。だがどこからか自然光が射しこんでいて、ほの明るく感じる。ドアが開いているせいだとわかった。廊下につづいている。そちらへ歩を進めた。

すぐに狭い部屋に行き着いた。やはり窓がないが、更衣室らしい。クローゼットに服が十数着吊《つ》るしてある。ワンピースがほとんどだったが、優里奈の持ち物ではない。地味で普段着然としたデザインばかりだ。どれも裾《すそ》の丈はやたら短い。水着もあったが、そちらは異様なほどバリエーションが豊かだった。なぜか卓球のラケットとピンポン球も置いてある。

更衣室の奥にもドアがふたつ存在した。ひとつは鍵《かぎ》がかかっていたが、もうひとつは開放されている。光はその向こうにあった。優里奈は臆《おく》しながら歩いていった。

驚いたことに、そこはホテルのスイートルームと見紛《みまが》うばかりの、絢爛《けんらん》豪華な部屋だった。壁も床も大理石のようだ。天井には埋め込み式の照明。ソファセットのほか、マホガニーとおぼしきダイニングテーブルもある。備え付けのテレビは真新しかった。情報を得ようとリモコンを探したが見つからない。ＬＥＤランプが緑いろに点灯し、電源はオンになっているはずだが、なぜか画面は真っ暗だった。

隣接するキッチンはアイランド式で広く、調理器具も揃っているものの、頭上の棚は施錠され開かなかった。冷蔵庫も同様で、扉を強く引こうがびくともしない。流しの蛇口はレバーを操作しても無反応で、一滴の水も流れださなかった。

近くのドアを開けると、バスルームがあった。清潔に整えられている。そこも水栓は機能しない。

玄関とおぼしきドアへ向かう。やはり鍵がかかっていた。身体ごとぶつかってみたが、肩に痺《しび》れるような痛みが走っただけだった。

太陽光が射しこむ窓辺に歩み寄る。レースのカーテンを開け放つと、ここが戸建ての一階だとわかった。二階がないことは、地面におちた影から判明した。誰もいない庭先に、椰子の木が揺れている。はるか向こうにビーチが見えた。

砂浜は閑散としているものの、島民らしき人影がまばらに見える。優里奈は呼びかけた。「すみません。あのう」

声が届いているようには思えない。誰ひとり反応しなかった。偶然こちらに目を向けたとしても、窓のなかの動きに気づくかどうか疑わしい。ガラスはまるで高層階のように開閉不可能で、分厚く頑強だった。こぶしで叩《たた》いても振動すらしない。

優里奈は怒鳴った。「助けてください！　お願い、気づいて。警察を呼んで！」

電子音が響いた。びくついて窓から離れる。玄関のドアを振りかえったが、チャイムではなさそうだった。

ほどなく妙に甲高い声が響き渡った。「鈴本優里奈さん」

日本語だ。どこかたどたどしい。外国人の発声にも思えたが、たしかなことはわからない。ボイスチェンジャーで変換されているようだ。

室内がぼんやりと明滅しているのがわかる。光源はどこだろう、優里奈はリビングをうろついた。そのうちテレビが目にとまった。たちまち背筋が凍りつく。

画面にはCGで作成された顔が浮かびあがっていた。粗雑なポリゴンは、中学生が初心者用ソフトで安易にこしらえた、そんなていどの出来映えに思える。だが薄気味悪いことに、甲高い声に同調し、CGの口が開閉する。ふたたび優里奈の名を呼んだ。音声入力に反応して動くプログラムだろうか。

優里奈は震えながらささやいた。「なにこれ。ここどこ？」

するとCGの顔が答えた。「あなたの新しいコンドミニアムです」

慄然《りつぜん》とせざるをえない。こちらの声がきこえている。おそらく盗聴器が仕掛けてあるのだろう。

耐えがたい思いに圧迫される。優里奈はふたたび玄関のドアへと走った。満身の力をこめ、把《と》っ手《て》を押したり引いたりする。

テレビの声が告げてきた。「無駄です。絶対に開けられません」

肝が冷えていくのを感じる。行動まで観察されているようだ。

辺りを眺めまわしたが、レンズらしきものは発見できなかった。ふしぎではない。壁面のどこにピンホールカメラが埋めこんであってもおかしくない。一台や二台とも思えなかった。たぶん部屋の隅々まで監視可能だろう。

涙が滲《にじ》んできた。優里奈はふらふらとテレビに近づいた。「なんでこんなことするの。帰りたい。ここからだして」

CGの顔は表情を変えなかった。「グアムの快適な滞在を保証します」

「ふざけないでよ」優里奈は思わず声を荒らげた。「スマホはどこ？　かえして」

「それはできません。当コンドミニアムの規則に従っていただく必要があります。まず白のワンピースに着替えていただけますか。さっきのクローゼットにおさまっています」

「着替える？　なんで？」

「素足にしてください。ストッキングは穿《は》かないように」

「はあ？」

「白のワンピースに着替えれば、水道が使用可能になります」

畏怖《いふ》が隙間なく取り囲んでくる。優里奈はキッチンを振りかえった。鳥肌が立つのをおぼえながら、またテレビに目を戻す。「脅す気？」

「水道が使えるようになったら、バスルームでさっぱりしてください。化粧はしなくていいですよ。あなたは素顔で充分きれいです。髪も後ろでまとめたりしないでください」

「なにいってんの」優里奈は声を震わせた。「命令にしたがう気なんかない」

「入浴が終われば、キッチンの棚のひとつが解錠されます。そこに食材が入ってますから、調理して食べてください」

「帰してよ。いますぐ外にでたい」

「いいんですか？　食事は我慢できても、喉《のど》の渇きには耐えられないでしょう。生き延びるため、まずは水を獲得せねばなりません。壁の時計を見てください。午後八時までに指示に従わなかった場合、エアコンがとまります。翌朝以降もずっとです。熱中症は怖いですよ」

拒絶したい衝動と、どうにもならないという無力感が同時に押し寄せ、めまいに似た症状が襲う。優里奈は両手で顔を覆った。恐怖と絶望のなかで泣くしかなかった。

3

強い陽射しの照りつける午後だった。レイ・ヒガシヤマはタモンからロードスターを五分ほど飛ばし、タムニングにあるメモリアル病院を訪ねた。

本来なら依頼人の同行など、いくら希望されても受諾しない。だが佐伯結菜は、どうしても一緒に行きたいといった。旅先で親友が失踪《しっそう》したとあっては、ひとり呑気《のんき》に観光を楽しむ心境でもないだろう。レイはやむなく結菜を助手席に乗せ、ここまで繰りだしてきた。

規模の大きな総合病院だった。内部も広々としている。通路を進むのに支障はない。閑散としているからだ。

結菜が歩調をあわせながら、小声でささやいてきた。「ずいぶんすいてるね。日本なら患者さんでいっぱいなのに」

「健康保険がないからね」レイは応じた。「医療保険に入ってるのは、暮らしぶりに余裕のある家庭ぐらいだよ。それもホームドクターの診療を受けたうえで、専門医にかかる必要が生じた場合のみ、紹介状をもらって病院に来る」

「ここになにがあるの」

「こっそり持ちだしても気づかれないほど、ハロタンを備蓄してるのは、グアムでこの病院だけだ」

「ハロタン？」

「外科手術用の麻酔として使われる。交感神経の働きを抑制する吸入麻酔薬で、気化させやすい。導入も覚醒《かくせい》も早いけど、副作用が強いせいで、三年ほど前から販売が自粛されてる」

きのう結菜の案内で、彼女と優里奈が借りたコンドミニアムの近辺を調べた。降雨がなかったのは幸いだった。優里奈が散歩でよく立ち寄ったというベンチの周りに、わずかながら独特のにおいが残っていた。マーカーペンのインクが放つ臭気に甘酸っぱさが加わる。気化されたハロタンが撒《ま》かれた疑いがあった。

レイは歩を緩めずにいった。「ハロタンをスプレー缶で顔めがけて噴射し眠らせる。プロの誘拐犯や窃盗犯の手口だ。たいてい犯行前に病院からハロタンが消えてる」

結菜が怯《おび》えた反応をしめし、震える声で告げてきた。「警察に通報しようよ」

「においだけを根拠に？　まいったな。ここは日本じゃないんだよ」

「だけど誘拐された可能性があるなら……」

「残念ながらグアム警察の犯罪検挙率は一割以下でね。ここに来るまで二度、GPDのパトカーとすれちがったのに気づいた？　どちらも角を曲がるときウィンカーをださなかった。みずから違反してる。一台は赤信号に差しかかると、緊急でもないのに赤色灯をつけて突破した」

「おまわりさんのマナーが悪くても、違反者は捕まえるでしょ」

「いや、警官によるな。軽微な違反なら無視、せいぜい警告ぐらいだろう。島暮らしだからね、のんびりしてる。おかげでかなりの数の犯罪者が、存在を見過ごされのさばってる」

「警察に相談せずに、どうやって麻酔の持ちだしなんか調べるの？」

レイは黙って歩いた。日本との常識のちがいを、いちいち説明していたのでは埒《らち》が明かない。アメリカ準州のグアムにおいて、犯罪を未然に防ぐのは探偵の仕事だ。事件性が生じ、警察が捜査に乗りだしたとすれば、そのときにはもう犠牲者がでている。

ロビーに着いた。待合椅子を埋めるのは高齢者ばかりだが、見慣れた容姿が目にとまった。レイは歩み寄ってささやきかけた。「じっちゃん。やっぱり病院がさまになるね」

新聞を読みふけっていたパナマハットの下から、祖父のゲンゾーが顔をのぞかせた。

「皮肉はよせ。高血圧は出来の悪い息子と孫のせいだ」

「父さんがきいたら感動するな。なにかわかった？」

「ああ。年寄りなら病院をうろついても目立たんからな」ゲンゾーがスマホのタッチパネルを操作し、画面を向けてきた。

病院の通路が映っている。白衣姿の痩《や》せた男が端を歩く。短髪に浅黒い顔、フィリピン系だろうか。年齢は三十前後のようだ。一見しただけなら医師に思える。だがゲンゾーのいわんとすることは、すぐに理解できた。

「借りるよ」レイはスマホを受けとってから、結菜をうながした。「行こう」

結菜があわてぎみに追いかけてきた。「いまの動画、なにがわかるの？」

「偽医者だよ。大病院の医師は通路の真んなかを歩く。壁ぎわの手すりを患者に使わせるためにね。でもこいつは端ばかりを歩いてる」

「麻酔を盗んだ人ってこと？」

「ハロタンを犯行に利用するプロは、繰りかえし同じ手を使う。楽だから味をしめるんだよ。予想どおり頻繁に持ちだしてる。次は窃盗にでも使うつもりかもしれない。動画に映ってた通路はこの先、外科病棟で……」

レイは口をつぐんで立ちどまった。人影がぶらりと近づいてきて、行く手をふさいだからだった。

父のデニスが鋭い目を向けてきた。「あきれた奴だな、おまえは。依頼人を連れ歩いて、次は恋人岬にでも案内するつもりか」

「売り家の内覧希望を断る不動産屋がいるかよ」

「探偵事務所は見学コースなんか受け付けちゃいないぞ」

結菜が困惑のいろを浮かべた。「わたしが無理をいったんです。ごめんなさい」

「いえ」デニスが穏やかに応じた。「いいんですよ。息子の配慮が足らなかっただけです。でも危険ですよ。コンドミニアムでまってたほうがいいでしょう」

レイはいった。「父さん。ハロタン泥棒を探さなきゃいけないんだよ」

するとデニスがじっと見つめてきた。「医者に化けた男ならとっくにあたってる。薬品保管庫の鍵《かぎ》を複製して持ってるようだ。けさ駐車場を出入りするのも確認した。クルマはシルバーメタリックのカマロでナンバーも控えた」

「さすが」結菜がつぶやいた。

苦い気分とともにレイはデニスを見かえした。「住所を割りだしたら教えてくれよな」

「そうする」デニスは立ち去りぎわに結菜を一瞥《いちべつ》した。「彼女を送ってけ。充分注意してな」

デニスの背が遠ざかると、結菜が気まずそうにつぶやいた。「わたし、足手まといみたいね」

「そうでもないよ」レイは応じた。友達の身を案じる気持ちはわかる。「これからも一緒にいてくれていい」

「だけど、お父さんに怒られるんじゃない？」

「心配ない」レイは微笑とともに歩きだした。「コンドミニアムにいたって安全とはかぎらない。あなたは俺が守るよ」

4

また日が暮れた。開かないガラス窓の外は、いまや真っ暗だった。天井のライトに照らされた室内が映りこむ。優里奈は自分の姿を眺めた。薄い水いろのビキニのみを身につけ、ソファに横たわっている。そうするようジョニーに命令されたからだ。

ジョニーとはテレビ画面に出現するCGの顔だった。彼自身がそう名乗った。たしかに外国語訛《なま》りを感じさせる日本語だが、ボイスチェンジャーで変換された声だけに、素性ははっきりしなかった。

それでも当初ほどの恐怖や緊張は感じない。ここに閉じこめられてから、どれくらい経っただろう。三日、いや四日か。ジョニーがなにをいいだすか、ずっと気が気ではなかったが、意外にも彼は一定の気遣いをしめしてくる。高圧的な物言いはなかった。卑猥《ひわい》な命令もなされない。ジョニーは毎日、優里奈がどんな服に着替え、どう行動すべきかを伝えてくるだけだった。

壁の一点を見つめて微笑むよう指示され、優里奈がそのとおり応じただけで、食事が与えられたこともあった。入浴や着替え、就寝が覗《のぞ》かれている可能性は、むろん否定できない。だが慣れてきた。いまは生き永らえることが優先する。耐えられる範囲なら耐える。ジョニーにどんな意図があるか知らないが、解放される日を信じてまつしかない。

ジョニーの声が話しかけてきた。「寒くないですか」

優里奈は横になったままテレビに目を向けた。いつもどおりCGの顔が無表情に眺めてくる。

思わず鼻で笑った。優里奈は天井を仰いだ。「平気」

「結構。水着になったら冷房を弱めるようにしました」

ここで初めてビキニになった日、優里奈がくしゃみをしたとたん、ジョニーは動揺をしめした。エアコンの設定温度をあげましょうかと、ただちに提言してきた。人を幽閉しておきながら至れり尽くせりだった。もっともそんなジョニーの態度も、永続するとはかぎらない。彼は誘拐犯だ、いつ心変わりしてもおかしくなかった。ジョニーが機嫌を損ねる行動は慎まねばならない。

反発せず身を任せるべきと割りきったのは、支援者を名乗る人々の助言を受けてのことだった。

閉じこめられた翌日から、ときおり玄関ドアの郵便受けに、手紙が投函《とうかん》されるようになった。封筒に住所などは記載されていない。誰かが直接訪ねてきているようだ。ドアをこじ開けたりしなければ、手紙を投げこむのだけは許可する、ジョニーがそんなふうに約束したのだろうか。

最初の手紙には、名刺と顔写真が添えてあった。三十代ぐらいの日本人女性だった。秋沢朱莉《あきざわあかり》といって、グアム島の人権問題に取り組むＮＰＯ法人、グアム・イコーリティ・アソシエーションの活動員だという。

鈴本優里奈さま

突然の連れ去りに遭われ、また窮屈な生活を強いられ、恐怖を感じておられることと思います。心中お察しします。しかしわたしどもは、あなたの現状を把握済みです。お友達の佐伯結菜さんが、グアム警察に捜索願をおだしになり、警察と連携しつつ、わたしどもが動くことになりました。どうかその点、ご安心ください。

優里奈さまの居場所は判明しており、監禁の事実も認識しておりますが、複雑な事情により、救出の手筈《てはず》が整うまでいましばらくかかります。嘆かわしいことなのですが、じつはこのような事態は、初めてではありません。

ジョニーと名乗る誘拐犯を刺激しないよう、できるだけ指示に従うようにしてください。無理なことは拒否してかまいませんが、その場合も言葉遣いには気をつけ、ジョニーが腹を立てぬよう配慮してください。

誘拐犯の素性や目的は、まだあきらかでないため、説明できず心苦しく感じております。ただ調査の進捗《しんちょく》状況など、情報をつぶさにお伝えしないのは、あなたの安全のためでもあります。秘密を守ることを条件に、こうして手紙をだす自由を与えられているのです。

あなたが従順でいるあいだは、ジョニーも危害を加えてこないと考えられます。彼はゲームを持ちかけてきますが、たいてい他愛《たわい》もないような内容に終始しますので、むやみに拒絶せず、むしろ積極性をしめしながら遊んでください。

あなたの味方として、従者なる人間が送りこまれることがありますが、わたしどもグアム・イコーリティ・アソシエーションとは無関係です。誘拐犯の一味というより、ジョニーに金で雇われただけのスタッフらしく、あなたの言いつけを守る以外は、なにもしてきません。今回の従者には、あなたの言葉が通じるよう、おそらく日本人が雇用されるでしょう。ゲームをクリアするのに必要と思えば利用してください。

奇妙な状況に思えるでしょうが、誘拐犯が支配欲を満たすため、人質を弄《もてあそ》ぼうとする事態はめずらしくありません。

いま建物の所有者を特定すべく、警察が全力で捜査しています。どうか心配なさらぬようお願いします。

わたしや同僚が定期的にお手紙を差しあげます。優里奈さま、いましばらくの辛抱です。頑張ってください、心より応援しております。

グアム・イコーリティ・アソシエーション　秋沢朱莉

でたらめにちがいない。当初、優里奈はそう思った。これはジョニーなる誘拐犯による偽の手紙だ。団体名も架空なら、秋沢朱莉なる人物も実在しないのだろう。

ところがその後も、朱莉からの手紙はつづいた。人質生活を耐え忍ぶための、具体的な知恵が綴《つづ》られていた。かならずしもジョニーに従順になれというのではない。隠しカメラに見られず着替えるために、寝室のシーツを利用する。限られた食材であっても調理を工夫すれば、食事の回数を増やせる。優里奈が心身の健康を維持するため、あらゆる方法を指南してくれた。

朱莉以外のメンバーからの手紙も届いた。いずれも名刺と顔写真が同封してあった。橋本庄司《はしもとしょうじ》と吉崎颯太《よしざきそうた》、二十代後半の男性で、生真面目かつ誠実そうな面持ちに見えた。ふたりはグアム警察による捜査の進展ぐあいを、こと細かに記していた。逮捕状がでるまであと数日に迫り、情報が解禁されたという。それまでなんとか耐えてください、そうあった。

二日ほど半信半疑でいたものの、やがて手紙が心の支えになっているのを自覚した。これが誘拐犯ジョニーの工作だとしたら、矛盾しているとしか思えない。優里奈の服従を望むジョニーへの対抗手段となる知恵を授けてくる。ひとまず朱莉らは、すなおに味方と見なすべきだろう、そんなふうに思えてきた。

返事を書きたかったが、筆記具がないうえ、ドアの郵便受けも外から取りだせる仕組みではない。今後も向こうからの連絡をまつしかなかった。

テレビ画面にCGの顔が浮かんだ。ジョニーがいった。「優里奈さん。退屈そうですね」

「そうでもない」優里奈はぼんやりと応じた。

「いまなにを考えてるんですか」

「いわれたとおりにしたから、いつ棚の鍵《かぎ》がもらえるのかなって」

キッチンの施錠された棚も、残すところあと四つだ。棚の内部は冷蔵仕様で、一ヵ所ごとに一日ぶんの食材がおさまっている。きょうを含め、四日は監禁するつもりだろう。それを過ぎたらどうなるのか。考えただけでもぞっとする。警察による救出は間に合うだろうか。

ジョニーが告げてきた。「棚の鍵なら、埋め込み式ライトのひとつにおさまっています」

優里奈は立ちあがって天井を仰いだ。ライトをひとつずつ見てまわる。たしかに窓ぎわの電球に、鍵状の物体がテープで貼りつけてあった。

真下に椅子を引きずっていく。その椅子を足場にし、優里奈は天井に手を伸ばした。

だが届かなかった。優里奈は要請した。「従者の助けがほしい」

「従者は一日に三回まで使えます。きょうはバスルームの掃除に利用したので、あと二回ですが」

「使う。お願い」

玄関ドアのわきにある、クローゼットに似た扉に物音がした。ふだんは施錠されている。優里奈は近づいて把っ手《とって》を引いた。扉はすんなりと開いた。

なかにはすでに顔馴染《なじ》みになった従者が立っていた。眼鏡をかけたアジア系男性で小太り、年齢は四十近い。七三分けの髪に細い一重まぶた、黒いポロシャツに黒いスラックス。没個性的で、事実なにも喋《しゃべ》らない。従者としての役割に徹し、優里奈の指示のみを忠実に実行する。

彼がおさまっている場所は、外から出入りできるらしい。むろん内部の扉が解錠されたとき、外側の扉は逆に施錠される。従者が立ち入っているあいだも、優里奈は建物から抜けだせない。

優里奈は従者に頼んだ。「あれ取って。ライトに貼りつけてある鍵」

従者が無言のまま動きだした。テーブルを運び、その上に乗ってライトに手を伸ばす。鍵を引きはがしたが、あちっ、そう声をあげた。

やはり日本人のようだ。優里奈はきいた。「だいじょうぶ？　やけどしなかった？」

だが従者はすぐにまた仏頂面になり、テーブルから下りると、優里奈に鍵を差しだした。受けとったとたん、たしかに熱を帯びているとわかる。優里奈はあわてて鍵をソファに投げだした。従者のほうは、テーブルをもとの位置に戻すと、扉のなかに消えていった。

またひとりきりになった。優里奈はほっとしながら、指先にタオルを巻きつけ、慎重に鍵をつまみあげた。キッチンへ向かう。棚を開ける前に、水で鍵を冷やそうとした。ところが蛇口は反応しなかった。

ジョニーの声が響いた。「断水になっています。解除するにはゲームをクリアしてください」

優里奈はため息をついた。「今度はなに？」

「引き出しを開け、ピンセットを取りだしてください」

いわれたとおりにすると、金属製の極細、長さ十センチほどのピンセットが見つかった。優里奈はきいた。「これをどうするの」

「直径三ミリの天然ダイヤモンドひと粒をさがしてもらいます。ヒントはインサイドヘッド」

インサイドヘッド。優里奈はテレビ画面を眺めた。「頭のなかで思い浮かべるだけとか？」

「ちがいます。ちゃんとピンセットにつまみとった時点で、ゲームクリアと見なします」

自分の頭のなかにあるとは思えない。ほかに頭と呼べるものが室内に存在するだろうか。

ひとつの考えがおぼろに浮かんできた。優里奈はジョニーにいった。「従者をお願い」

「またですか。最後の一回です。きょうはもう使えませんよ」

しばらくして扉が開いた。これといって特徴のない男、従者が姿を現した。部屋の片隅でぼんやりとたたずんでいる。目を合わせようとしないのも、いつもと変わらなかった。

優里奈は従者に歩み寄り、髪の毛のなかを探しだした。従者は黙って立ち尽くしている。それらしきものは見当たらなかった。

じれったく思い、優里奈は従者にたずねた。「ダイヤモンドがあるならだして」

だが従者は無言で一瞥《いちべつ》すると、また視線を逸《そ》らした。

肩を落としながらも、優里奈は考えなおした。ダイヤが髪に埋もれていても、頭のなかにあったことにはならない。

ふと思いつくことがあった。優里奈は従者に指示した。「床に横たわって」

従者がいわれたとおりにする。仰向《あおむ》けに寝そべった。

ひざまずきながら優里奈はいった。「寝返りをうって。右の耳を上にして」

照明の光を受け、耳のなかを覗《のぞ》きこむ。なにもなかった。優里奈は唸《うな》った。「今度は左の耳を上に」

小太りの従者は、やる気がなさそうに床を転がった。まるでアザラシのようだった。耳のなかは暗くてよく見えない。優里奈は従者の頭を持ちあげ、自分の膝《ひざ》に載せた。照明の光を浴びる角度に調整しながら、耳の穴を覗きこんだ。すると闇のなか、ほのかに輝く物体を見てとった。優里奈はピンセットを差しいれ、それをつまみだした。

「やった」優里奈は思わず声をあげた。「ダイヤ見つかった！」

従者が半身を起こした。優里奈と目が合う。喜びを分かち合うでもなく、従者は黙って立ちあがった。そそくさと扉に引き揚げていく。また扉が閉じ、静寂が戻った。

ジョニーが優里奈に話しかけてきた。「おめでとうございます。そのダイヤモンドは差しあげます。洗えばいいでしょう、もう水道が使えますので」

中年男の内耳にあった物体だ、ほしいわけがない。優里奈は小粒なダイヤモンドを、ピンセットごとテーブルに放りだした。

ゲームをクリアできた、そんな一瞬の喜びは去り、虚無感だけが押し寄せた。不安がぶりかえしてくる。いったいなにをやっているのだろう。こんな馬鹿げたことの繰りかえしに、いつまで耐えねばならないのか。

その場にたたずむうち、いくらか時間がすぎた。テレビ画面からジョニーの顔が消えていた。また出現しないうちに、調理にとりかかるべきかもしれない。しかしいまはなにもする気になれなかった。ソファに腰かけ、ひとり頭を抱える。

物音がした。玄関ドアの郵便受けだ。優里奈はすがるような思いで立ちあがり、ドアに駆け寄った。

いつものように封筒が投函《とうかん》されていた。ただちに開封し手紙を読んだ。

鈴本優里奈さま

警察による逮捕状請求が遅々として進まず、非常に申しわけなく思っております。毎度同じ文面になってしまいますが、どうか耐え忍んでいただきますようお願い申しあげます。くれぐれも誘拐犯を挑発しないでください。わたしどもは引きつづき鈴本優里奈さまの救出に全力を挙げていきます。あと四日か五日の辛抱です。
グアム・イコーリティ・アソシエーション　秋沢朱莉
橋本庄司
吉崎颯太

あと四日か五日。

優里奈の目は自然にキッチンの棚に向けられた。食材は四日ぶん。それがなにを意味しているかはわからない。だがもし救出が遅れた場合、どんな運命がまつのだろう。

窓を振りかえる。庭も海岸も闇に覆われていた。昼間とちがい、明かりの点《つ》いた室内は、外から見通せるかもしれない。けれどもいま、付近に人がいるかどうか、優里奈の視界には判然としない。それでも誰かいると信じて手を振るべきか。ビキニ姿の自分が映りこむ。己れの愚かしさに嫌悪感がこみあげてくる。情けなくて仕方がない。また視野がぼやけだした。悔し涙が浮かぶのを拒みきれない。

ずっと冷静さを保とうとしてきた。だがそれは故意に問題から目を逸らしていたにすぎないかもしれない。じつはすでに精神状態が崩壊しかかっているのでは、そんな不安定な気分がひろがりだした。息苦しさを感じる。過呼吸におちいっているようだ。

優里奈は窓に近づいた。叩《たた》いてもどうにもならない、そうわかっているガラスをしきりに叩く。だして。ここを開けて。泣きながら叫ぶ自分の声を耳にした。

5

アメリカのほとんどの州で、探偵は警察のデータベースにアクセスできる権限を有する。準州グアムも例外ではなかった。むろん制限はあるが、ナンバーからクルマの所有者ぐらいは割りだせる。

シルバーメタリックのカマロ。事務所からのオンライン検索により持ち主が判明した。住所はゴドウィン1116。家主はフィリピン人ではなかった。夫婦ともに日系三世の居住となっている。

曇りがちな正午すぎ、レイは幌《ほろ》を閉じたサリーン・マスタング・ロードスターを、住宅街の路地に徐行させた。地価を考慮すれば、このあたりの住民は中流以下の暮らしぶりだろう。アーリーアメリカン調の二階建てが軒を連ねる。日本とちがって塀はない。玄関前にひろがる芝生の庭は道路と地続きだった。

疑問が湧いてきた。ハロタンを使うようなプロは、ギャラも相応に高い。誘拐請負業となればなおさらだった。依頼主はかなりの報酬を払ったはずだ。島民の半数は先住民のチャモロ人で、残りのうちさらに半数は、フィリピン系住民が占める。みな食うため必死で働いている。島在住の富裕層となると限られるが、それゆえ素性がばれる危険が大きいのを承知で、観光客を拉致《らち》したがる輩《やから》などいるだろうか。かといって島の外に主犯がいるなら、グアムで誘拐するのは効率的ではない。ひそかに出国させるのが難しいからだ。

ひょっとして、ほかにいるのか。報酬の支払いに苦慮しないだけの財産を有しながら、容疑者と見なされにくい人物が。

レイは助手席の結菜にきいた。「あなたと優里奈さんの旅行を事前に知ってた人は?」

「両方の親と、家族と、大学の友達と……。もっといるかな。インスタグラムに書いちゃったから」

「優里奈さんが?」

「ええ。今度グアムへ行くって」

「じゃ絞りこむのは難しいわけだ」レイはクルマを道端に寄せ停車させた。はす向かいがゴドウィン１１１６になる。

両隣りと敷地面積の変わらない平屋の庭に、三十過ぎとおぼしき女性がいた。アジア系、黒髪に日焼けした顔。手動の芝刈り機を押しながら、芝生の上を行き来している。ときおり前かがみになり雑草をむしりとる。身につけたワンピースやアクセサリーの類《たぐ》いから、業者とは考えにくい。使用人を雇う規模の家でもない。主婦とみるのが筋だろう。

レイはつぶやいた。「妙だな」

結菜がきいた。「なにが?」

「こっちで生まれた日系人のはずなのに、庭の草刈りを奥さんがやってる。グアムじゃ家事こそ男女分担だけど、庭仕事は夫の役割だよ。妻は花をいじるぐらいでしかない」

「親切な人だからじゃないの? ほら、隣りの芝生も刈ってあげてる」

いっそうおかしい。それぞれの宅地には塀がないため、芝の刈りぐあいのちがいが、庭の境界と見定められる。隣りの敷地を刈りこむことは、侵攻も同然の行為であり、住宅街ではマナー違反だ。あの女は少なくとも、島民の常識を知らないらしい。

レイはグローブボックスを開け、革製のホルスターを取りだした。おさまっているオートマチック拳銃《けんじゅう》は最小薄型のグロック42。プラスチック然とした外観は玩具《おもちゃ》っぽく好みではないものの、映画で有名なベレッタは射撃場でも当たらない。なにより探偵に携帯が許可される銃の種類は限られている。マガジンを引き抜いた。装弾数も六発と少ないが贅沢《ぜいたく》はいえない。

結菜がぎょっとした反応をしめした。「それって……」

銃の規制が厳しい環境に育った日本人には、光線銃と変わらなく思えるのだろう。レイにとってはむろんそうではなかった。クルマのキーと同じく日用品だ。チェックの長袖《ながそで》シャツを羽織ってホルスターを隠すと、ドアを開け車外に降り立った。結菜にささやきかける。「ここにいて。外から見えないように、座る位置を前にずらして、頭を低くして」

返事をまたずクルマを離れ、庭先の女性のもとに歩いていく。レイはあえて日本語で話しかけた。「こんにちは。こちらにお住まいですか」

女性はびくっとして顔をあげた。頬筋があからさまに痙攣《けいれん》している。日系の島民には見かけない警戒心の強さだった。尖《とが》った目がレイの胸もとを見つめ静止する。とたんに女性が慄然《りつぜん》とした表情になった。レイは視線をおとし、自分の失態をさとった。シャツの下から拳銃がのぞいている。

ふいに女性が英語で怒鳴った。「ヴィンス！　逃げて！」

直後、玄関のドアを開け放ち、男が飛びだしてきた。浅黒い顔に痩《や》せた身体つき、フィリピン系だった。ランニングシャツに半ズボン、スニーカーというでたちだが、動画の偽医者と同一人物とわかる。なぜかゴルフバッグを肩にかけていた。

ヴィンスと呼ばれた男は立ちすくみ、レイを睨《にら》みつけた。留《とど》まっていたのは一秒足らずに過ぎなかった。すぐさまヴィンスは身を翻し逃走しだした。

やはり日系人夫婦というのは偽装か。名義のみ借りた不法滞在。犯罪者がアジトを確保する常套《じょうとう》手段だった。

レイは猛然と駆けていき、ヴィンスの背後に迫った。ホルスターから拳銃を引き抜き、大声で呼びかけた。「とまれ！」

だがヴィンスは振り向きざま、ゴルフバッグから鉄梃《かなてこ》を取りだし、レイの手をしたたかに打った。幸い鉤《かぎ》状の先端部分は命中しなかったが、それでも激痛が一瞬の感覚を喪失させた。気づいたときには、拳銃が放物線を描いて飛んでいた。

すかさずヴィンスが鉄梃をかざし襲いかかった。レイは反射的に敵の側面にまわった。触覚のふたしかな指先でヴィンスの手首をつかむと、合気道の応用で重心を崩させ、とっさに肘《ひじ》打ちを顎《あご》に浴びせた。関節に感じる反動と、二の腕を駆け抜ける痺《しび》れが、芯《しん》でとらえた打撃を実感させる。ヴィンスはのけぞり、その場に尻餅《しりもち》をついた。

なおも鉄梃は手にしたままだったが、レイはその上に飛びかかり、鉄梃ごとヴィンスの胸部を圧迫した。ヴィンスの顔が苦痛に歪《ゆが》んだ。

レイは腕力を緩めなかった。「人命がかかってる、正直に答えろ。鈴本優里奈さんはどこにいる。依頼主は誰だ」

「知るか」ヴィンスが咳《せ》きこみながらわめいた。「本当だ。全額前払いの場合は、ネットでのやりとりだけで仕事を受ける。素性なんかわかりゃしねえ」

「金の振りこみはあったんだな？」

「郵送だよ。札束を小包で送ってきた」

「違法行為だろうが」

「そんなこと俺らが気にするかよ。差出人の住所氏名なんてでたらめだぜ？　もとをたどれると思うか」

臆《おく》する気にはなれなかった。レイは吐き捨てた。「ほざいてろ。干し草のなかの針も同然だろうと、かならず探しだしてやる。探偵の仕事だからな」

レースのカーテンを閉じていようと、ガラスの向こうから強烈な陽射しが照りつけてくる。

6

優里奈は床にぐったりと横たわっていた。ビキニ姿なのは、ジョニーからそう指示されたからではない。空調が停止し、暑さに耐えかねている。けさ早くから水もでなくなっていた。

壁の時計は午後四時をしめしている。まだ外は明るい。気温の低下を期待するには早かった。冷蔵庫の飲料も底を突いている。全身汗だくで、脱水症状を自覚しながら、ただ天井を仰ぐしかない。

ジョニーのふざけた命令には極力したがってきた。ビキニにエプロンをまとって調理するとか、テーブルを卓球台に見立ててピンポンをするとか、どんなに馬鹿馬鹿しかろうと、すべていわれたとおりにした。ピンポンについては、相手なしではゲームと見なせないと指摘されたため、従者を呼びだして球を打ちあった。どちらが勝利するでもなく、食材の棚が解錠されると、従者は扉のなかにひっこんでいった。

いまや棚はすべて開いていた。ゆうべが最後の食事だった。空腹はまだ耐えられるが、喉《のど》の渇きのほうはどうにもならない。

かねてから、ジョニーが無理難題を求めてきたらどうしよう、そんな不安にさいなまれてきた。けさ早く、唐突にそんな事態に見舞われた。ジョニーはいった。誰でもいいから唇を重ねてください。

他人とキスしろという。だがこの部屋には誰もいない。テレビのなかのジョニーが相手では認められない、そうも付け加えられた。どこに解決方法があるだろう。まさか従者とキスをするのか。冗談ではないと優里奈は思った。

さんざん悩んだあげく、優里奈は従者を呼びだした。キスのためではない、ただ窮状をうったえたかった。ひたすら無表情を貫くばかりの従者に対し、優里奈はまくしたてた。いくらもらってるか知らないけど、誘拐犯に雇われてる自覚はあるんでしょう？　お願いだから助けて。ここから連れだしてよ、お願い。

従者の顔には感情のいろひとつ浮かばなかった。いつもどおり目も合わせようとしない。優里奈は泣きながらも、やむをえず従者に顔を近づけた。キスをするならこの相手しかいない。

ところが従者は露骨に嫌そうな面持ちになり、身を退いて後ずさった。それはできないというように両手を振り、さっさと扉の向こうへ引き揚げてしまった。

二重の意味でショックだった。死ぬ気で決意したのに、従者とのキスは正解ではなかった。ほかにどうしろというのだろう。

答えが見つからない。優里奈は室温が上昇していくなか、水分不足に耐えるしかなくなった。テレビに目を向けると、ジョニーの顔は消えていた。課題をクリアする意志が優里奈にないと知り、コミュニケーションを絶ったようだ。

指先に便箋《びんせん》が触れた。唯一の希望は、昨夜のうちに投函《とうかん》された手紙だった。優里奈は寝返りをうち、その文面を眺めた。

鈴本優里奈さま

グアム警察による逮捕状請求がいっこうに進まず、忸怩《じくじ》たる思いです。わたしどもは直接、誘拐犯との交渉に踏み切りました。一両日中にも結果がでると思います。あなたが解放されることを願ってやみません。

グアム・イコーリティ・アソシエーション　秋沢朱莉

意識が朦朧《もうろう》としてきた。瞼《まぶた》が重くなりだした。優里奈はしきりとこみあげてくる嘔《おう》吐《と》感に堪えた。めまいがおさまらない。限界が近づいている。

静寂のなか、電子音が鳴り響いた。優里奈は目を開けた。なんとか上半身を起こし、テレビに視線を投げかけた。

ジョニーの顔が映っていた。「優里奈さん。ここに来る前に着ていたマキシワンピースを身につけてください。帰るときがきました」

にわかには信じられない。優里奈は横たわったまま、かすれた声でささやいた。

「水を」

するとそのとき、水栓のレバーが上げてあったからだろう、ふいに水流の音が響いた。優里奈はキッチンを見つめた。蛇口から勢いよく水が流れだしている。

助かったのか。優里奈はふらつきながら立ちあがった。

喉を潤すと、ようやく生きかえった気がした。冷静さを取り戻してきた。寝室へと向かい、ジョニーにいわれたとおり、自前のマキシワンピースをまとう。クローゼットにあったサンダルを履いた。

ジョニーがつづけた。「玄関のドアは解錠されました。外にでてください。従者の運転で、タモンにお連れします。あなたはもう自由です」

耳を疑う話だった。優里奈はしばし茫然《ぼうぜん》とたたずんだが、我にかえってドアに駆け寄った。把《と》っ手《て》を押してみる。ドアは難なく開いた。

ひさしぶりに外気を全身に感じた。風が涼しかった。すでに陽は傾きだしている。辺りの景色は緑に覆われ、ひとけはなかった。芝生のなかにアスファルトの細道が走り、そこに一台のクルマが待機している。ツーシーターの大型SUVだった。左ハンドルの運転席に、従者がおさまっている。人形のように前方を見つめたまま動かない。

ためらいがよぎった。クルマになど乗らず、このまま逃げだすべきではないのか。優里奈は周囲を眺め渡した。民家どころか、建物の類《たぐ》いはいっさい目につかない。窓から見えた浜辺は遠く、こちら側からどう行けるかも判然としない。通りかかる車両もなかった。エンジン音ひとつ耳に届かない。誰かに助けを求めるのは無理そうだ。

なにより優里奈が知るのはタモン界隈《かいわい》だけで、それ以外の地域となると、まるで不案内だった。指示に従わなかったら、ジョニーがどのような報復行動にでるかもわからない。自由を目前にしながら、すべてが無に帰してしまう、そんな危惧《きぐ》もある。

やむをえなかった。優里奈はクルマに歩み寄った。助手席側のドアを開けて乗りこむ。車内は冷房がきいていた。ナビは設置されておらず、現在地は不明のままだった。シートベルトを締める。従者がなにもいわずギアを入れ替え、クルマを発進させた。

人里離れた場所かと思いきや、針葉樹の密集する木立を抜けたとたん、幹線道路らしき車道に入った。まだ前後を走る車両は見あたらない。レーンが片側一車線から三車線まで増減を繰りかえす。州道1号線のような気がしたものの、周りの景色に馴染《なじ》みはない。道路沿いにはちらほらとだが商業施設が存在している。

ほどなく近代的な街並みがひろがりだした。タモンにくらべると閑静だが、三階か四階建ての古びたビルが連なる。外壁には企業名の看板が突きだす。アディ、TXクルーズ、JDI。ほかにもたくさんあった。従者はクルマを狭い路地に乗りいれた。そこかしこに男女が往来している。服装はカジュアルだが落ち着いた色調だった。観光客ではなく、現地で働いている人々らしい。ここはオフィス街か。

なぜかクルマは極端に速度を落とした。路地を徐行していく。ここになにがあるのだろう。窓の外を眺めたとき、優里奈は息を吞《の》んだ。

ビルのエントランス前で数人が立ち話をしている。うち三人はアジア系で、あきらかに見覚えがあった。直接会ったことはない。これが初対面だ。だが喩《たと》えようのない感慨がこみあげてくる。

グアム・イコーリティ・アソシエーションの秋沢朱莉、橋本庄司、吉崎颯太。みな仕事を終え帰宅間近なのか、カバンを手にのんびりと談笑していた。橋本の目がこちらに向いた。驚きのいろがひろがる。隣りの吉崎に呼びかけた。吉崎もやはり面食らった表情を浮かべている。最後に朱莉が見つめてきた。唖然《あぜん》とした面持ちの果てに、屈託のない笑みが浮かんだ。三人とも信じられないというように肩をすくめ、笑いながら手を振ってきた。

人質の解放をいま知ったらしい、三人とも祝福してくれている。優里奈は手を振りかえした。すると朱莉ら三人はいっそう喜びをあらわにし、飛びあがらんばかりに燥《はしゃ》ぎだした。

胸がいっぱいになった。命の恩人だ。自由を得られただけでなく、これまで耐え忍ぶことができたのは、三人の支えがあってこそだった。

礼を伝えたい。サイドウィンドウを下げるボタンを押したものの、まるで反応しなかった。ここでクルマから降ろされるのではないのか、優里奈がそう思った直後、にわかに速度が上昇した。支援グループの三人はなおも笑顔で手を振り、優里奈を見送っている。クルマは路地を抜けると、交通量の増した片側三車線の流れに乗った。

優里奈は運転席の従者にきいた。「タモンへ向かうの?」

沈黙だけがかえってきた。従者はロボットのようにクルマを運転しつづける。眼鏡の奥で細く見開かれた目が、絶えず左右に水平移動していた。

また市街地から遠ざかり、低い山が連なる地帯に入った。わき道に逸《そ》れ、しばらく走ると、道端につながれた水牛を見かけた。スペイン統治時代の建物か、古い教会の前を通過する。結菜とレンタカーでドライブしたときには、まるで目にしなかった光景だ。やはりタモンからは離れているのか。

赤みを帯びた斜陽のなか、クルマはゆっくりと停車した。身の丈を超える熱帯性植物ばかりが生い茂る。道端には日本と同じような電柱と、その向こうにスクラップ置き場が存在する。観光客が寄りつく場所には見えない。のみならず、辺りには現地民ひとり目につかなかった。

胃を固く締めつけるような恐怖の念にとらわれる。優里奈は運転席の従者を眺めた。従者がシートベルトを外した。眼鏡ごしに虚《うつ》ろな一重まぶたの目が見かえす。無表情はいつものことだが、優里奈を直視するのはめずらしかった。

ただならぬ気配を感じ、ドアを開けようとした。だが施錠されたままだった。従者が身を乗りだしてきた。粗い吐息が吹きかかるほど顔面が接近し、距離が限りなく詰まった。優里奈は悲鳴をあげて暴れた。振りかざした手が従者の顔にあたり、眼鏡が弾《はじ》け飛ぶ。それでも従者はかまわずのしかかってくる。両手で優里奈の首をつかみ絞めあげてきた。優里奈は息苦しくなり、必死にもがいた。抗《あらが》おうとしても力が入らない。たちまち意識が遠のきだした。

ところがそのとき、破裂するような鋭い音が耳をつんざいた。車体が揺れ、風が吹きこんでくる。運転席側のウィンドウが粉々に砕けていた。鉄梃《かなてこ》が車内に放りこまれる。痩身《そうしん》ながら筋肉質の青年がドアを開け放ち、従者の襟首をつかむと、一気に車外へ引きずりだした。

気づけば優里奈はクルマのなかでひとりきりになっていた。呼吸を取り戻そうと無理に息をするや、喘《あえ》ぎながら咳《せ》きこんだ。

まだ恐怖はおさまらなかった。人影がふたたび飛びこんできたとき、心臓が止まりそうになった。優里奈は激しく取り乱し、抵抗を試みようとした。腕も脚も痙攣《けいれん》して動かなかった。

だが意外なことに、耳に覚えのある友達の声が呼びかけてきた。「怖がらないで。優里奈、落ち着いて。結菜だよ」

優里奈ははっと息を呑んだ。目を凝らすと、結菜の顔が間近にあった。心配そうに覗《のぞ》きこんでいる。

しばし夢かと疑った。やがて胸のうちに実感がひろがっていった。視野が波打ちぼやけだす。涙があふれている。声を震わせて泣くうち、結菜が微笑とともに抱きしめてきた。

まだ事情は呑みこめない。けれども結菜の態度が実状を伝えている。助かった。ようやく解放された、自由を得た。これ以上の喜びがほかにあるだろうか。

7

アメリカは多様な人種や宗教が混在する国だ。地方分権により、各地の自治体が力を得ている。当然、地元の警察権力はその支配下に置かれる。警察は統治者に肩入れし、民衆に対しては不平等になりがちだ。実状はどうあれ、そんな懸念のおかげで私立探偵は栄えた。弁護士やボディガードと並び、市民の擁護者と見なされるようになった。探偵が一部警察と同等の権限を認められているのも、独特の歴史があればこそだった。そのあたり日本とは大きくちがう。

積極性に欠けるグアム警察も、探偵が事件を実証したとあっては、重い腰をあげざるをえない。誘拐犯の身柄は拘束され、裏付け捜査が始まった。

ここ数日、レイは優里奈や結菜を救うために駆けずりまわった。被害届や証拠書類の提出のほか、日本国総領事館との煩雑な手続きも進めた。それらが終わると、ふたりの日本人観光客はようやく自由の身になった。

晴れた日の朝、イーストマウンテン・リサーチ社の事務所に、優里奈と結菜を招いた。探偵の報酬支払いは、彼女たちの海外旅行保険で賄われるという。誘拐の身代金となると保険の対象外だが、今回は救出のための費用と見なされたようだ。

ゲンゾーがデスクで椅子をまわし、穏やかに話しかけた。「災難だったが、これでグアムを嫌いにならんでほしいな。お嬢さんが捕えられていたのも、本来はマンギラオのはずれにある高級別荘だったんだが」

優里奈はすっかり落ち着きを取り戻していた。コーヒーカップを手に、結菜とともにソファにおさまっている。心身ともに軽口を叩《たた》けるほどに回復したらしい、優里奈が冗談めかしていった。「無料で泊まれたんですから、いまとなっては貴重な経験です」

結菜が苦笑ぎみに優里奈を指さした。「こんなふうに強がってますけど、きのうまでわんわん泣いてましたよ。監禁中は食事もままならなかったし、高級別荘のわりにパイプベッドで寝心地悪かったとか」

デニスがカウンターにもたれかかり腕組みをした。「誘拐犯があんな高級物件を借りられるレベルの男じゃなかったからです。寝室には上げ下げ式の窓がついてて、逃げられやすいため施錠したらしい。代わりに納戸を寝室に見立てて、安物のベッドを置いたとか」

優里奈の表情が曇った。「あの人、従者と呼んでましたけど。誘拐犯だったんですか」

レイはうなずいてみせた。「あいつの単独犯です。名は但地音生《たんじねお》。日系旅行会社JDIに勤める冴《さ》えない未婚の中年でしたが、去年の春、スポーツビンゴで百万ドルの賞金を得て話題になりました。うちのじっちゃんにとってもヒーローだったし」

ゲンゾーが不満そうな顔になった。「たわけ。ヒーローだなんていっとらん。実名報道もされてなかったし、てっきり女だと思っとった」

苦笑せざるをえない。レイは優里奈に説明した。「メアリー・スーってのは、自分に都合のいい空想に浸りたがる、夢見がちな思春期の少女って意味で、社会人に用いれば蔑称《べっしょう》です。もとは素人小説に、メアリー・スーって主人公がいたことが由来です。男ならゲーリー・シューという別名があるけど、あえてメアリー・スーと渾名《あだな》をつけられたからには、よっぽど女々しい性格と見なされてたんでしょう」

結菜がきいた。「誰がそんなふうに呼んでたの?」

「職場の同僚だよ」レイはスマホに保存してあった画像を結菜らに向けた。「おもにこの三人」

優里奈が目を瞠《みは》った。「ええっ⁉ この人たちって……。グアム・イコーリティ・アソシエーションの活動員ですよね。秋沢朱莉さん、橋本庄司さん、それに吉崎颯太さん」

レイは首を横に振った。「但地が偽造した手紙と名刺により、あなたがそう信じこまされただけです。本当はJDIの飯田《いいだ》遥香《はるか》さん、林《はやし》勝次《かつじ》さん、森尾《もりお》祐輔《ゆうすけ》さん。みんな若いけど、ずっと出世できない但地は、彼らと同じヒラ社員でね」

なおも信じられないというように、優里奈がレイを見かえした。「わからないことだらけです。この三人はどうして但地って人を、メアリー・スー呼ばわりしたんですか？」

「法螺《ほら》吹きで作り話ばかり口にするから。但地には虚言癖があるらしくてね。三人によれば、スポーツビンゴに当たったというのも、初めは嘘だと思ったらしい。だから地元紙のインタビューでもメアリー・スーと呼んだんです」

「でもそれは本当だったんですよね？　ふだん嘘つきだったとしても、自慢話をするぐらいなら……」

「許されるって？　事実を知ったら同情する気なんかなくなりますよ。特にあなたは」

「どういう意味ですか」

「但地は恋人がいると偽ってた。インスタグラムで拾ったあなたの画像を職場仲間に見せ、同棲《どうせい》中の彼女だと吹聴したんです。櫻井咲良《さくらいさくら》さんって名前まででっちあげてた。咲良さんはいつも彼好みの裾《すそ》の短いワンピースを着ていて、要求に応じビキニ姿にもなってくれる。料理が得意なうえ、一緒にテーブルピンポンで遊んだりもする。膝《ひざ》枕《まくら》で耳掃除もしてくれる」

「耳掃除」優里奈の顔に驚きのいろがひろがった。「じゃあれは……」

「そう。いかにも女とつきあったことのない男の、子供じみた妄想だな。同僚たちはみえみえの嘘だと思い、証拠をしめせといった。但地はスポーツビンゴの賞金で高級別荘を借りたけど、すでについた嘘のせいで、同僚を見かえせずじまいだった」

デニスがため息まじりにいった。「同僚らには高額賞金への嫉妬《しっと》もあったんでしょう。但地が咲良との同棲を実証できないことを揶揄《やゆ》し、依然として嘘つき呼ばわりした。ところがそんなとき、但地はあなたがグアムに来ると知ったんです。インスタグラムにそう書いてあったから」

結菜も愕然《がくぜん》とした表情になった。「誘拐は前もって仕組まれてたんですか?」

「ええ」デニスがうなずいた。「警察の取り調べによれば、但地はネットで非合法活動を生業《なりわい》とする連中をあたり、前払いで拉致《らち》を依頼したそうです。請け負ったのがヴィンス、グアムに不法滞在してるチンピラだった。むかしマニラで犯罪者仲間から、ハロタンの使い方を教わったらしい」

「でも」優里奈は腑《ふ》に落ちないようすだった。「わたしと暮らしてる画像を撮って、同僚に見せたいだけなら、ただそのポーズをとらせればいいですよね？　あんな芝居がかったゲームだとか、なぜ強要したんですか」

レイは優里奈を見つめた。「万が一にもあなたが別荘から抜けだし、逃げおおせた場合、但地の真意がばれないようにするためです。主犯が彼であることも隠したがっていた」

「水着にエプロン姿で食事を作らされたうえ、壁の一点を見つめて微笑むよういわれましたけど」

「その壁にピンホールカメラがあったんでしょう。極細のピンセットも、遠くからは耳かき棒に見えるから、膝枕で耳掃除してもらってる姿が撮れます。カメラはすべて動画で、都合のいいひとコマを抜きだすつもりだった」

「テレビに映ってたジョニーと、従者が同一人物だったんですか」

「ええ。従者が部屋にいるあいだは、ジョニーも喋《しゃべ》らなかったはずです」

「まだわからない」優里奈は神妙につぶやいた。「同僚の三人をＮＰＯ法人の活動員と、わたしに信じさせたのはなぜですか」

「あなたとの仲睦《なかむつ》まじい画像を同僚に見せただけでは、合成を疑われます。だから最後の最後に、有無をいわせぬ証拠をしめそうとした。あなたを助手席に乗せ、一緒にドライブしてる姿を同僚に見せつけたんです。それも、あなたが怯《おび》えてたんでは恋仲と信じさせられないから、三人に笑って手を振るよう仕向けた。同僚たちも画像を見て半信半疑になってるところに、あなたの幸せそうな姿を目にし、とうとう祝福せざるをえなかった」

「信じられない」優里奈が首を横に振った。「でもあの人、わたしとのキスを拒んだんですよ。キスしてる画像を撮りたかったとしたら、変じゃないですか」

「あなたはそのとき、泣いてたんじゃないですか？　悲痛な表情をしてたのでは、キスの写真が撮れても同僚に見せられません」

「クルマのなかで、わたしの首を絞めようとしたのは……」

「ショックかと思いますが、事実を伝えます。すべてが完了したら、但地はあなたを亡き者にするつもりだったんです。計画の実行中は、意図を見抜かれないような保険をかけてあっても、あとで警察に駆けこまれたら、真相が発覚する可能性があるので」

優里奈の目が潤みだした。「助けていただけなかったら、わたしは生きていられなかったんですね」

「ヴィンスは遺体の処分も頼まれてました。指定されたのはあの日時で、場所は南部のイナラハンから半マイル離れたスクラップ置き場だった。なかなか口を割りませんでしたが、かろうじて間に合った」

但地は殺人について、ヴィンスの手に委《ゆだ》ねなかった。みずから確実に優里奈を抹殺しようとした。自分の嘘を真実と偽りつづけることに、よほど執念を燃やしていたのだろう。

結菜が顔をしかめた。「嘘の上塗りのためだけに、宝くじの賞金をつぎこんで、そこまで手のこんだことを実行したの？　しかも命まで奪おうとするなんて」

デニスがうなずいた。「俗に思春期未卒業組とも呼ばれます。精神状態が未熟なまま中年になったんです。友達もおらず、嘘で自分を大きく見せようとするばかりで、そのくせ馬鹿にされると激しく憤り、不満を募らせる。年下の同僚を見かえしたい一心だったんでしょう。そんな輩《やから》が運悪く大金を手にしてしまった」

レイも肩をすくめてみせた。「画像をでっちあげるために、ソリッド・シチュエーション・スリラーみたいな方法しか発想できなかった。その手の現実離れしたフィクションに影響を受けたというより、ろくに世のなかを知りもせず金持ちになったから、そんなやり方しか思いつかなかったんでしょう。幼稚そのものだけど、本人はいたって真剣だからたちが悪い」

優里奈を抹殺すれば、行方不明のままになる。やがて警察も本腰をいれて捜査を始めただろう。

その後どうするつもりだったか、但地は警察の取り調べを受け、すでに自白している。なんと、ただちに被害届をだす予定だったという。

すなわち恋人の咲良に預貯金を持ち逃げされたと警察に泣きつく。但地がたしかに咲良と深い仲だったことは、同僚の三人も証言する。失踪した優里奈の顔写真が公開され、じつは咲良を名乗っていた女だと発覚すれば、但地の訴えに信憑性《しんぴょうせい》が増す。旅行をともにした結菜も、優里奈が何日も前から行方をくらましていたと供述する。但地がブサイクという事実も併せ、すべては観光客として二度グアムに渡った優里奈による、別人を装ったハニートラップとして落ち着く。

財産には盗難保険がかけてあるため、窃盗と認められれば金が入り、ヴィンスに払った謝礼ぶんも取り戻せる。但地は嘘つきでないと同僚を納得させられるうえ、以後は同情も得られると踏んでいた。女性社員が可哀想に思い、距離を縮めてくれるのではと、そこまで妄想を募らせていたという。

あきれるほど幼稚で、しかも奸智《かんち》に満ちた計画だった。だがヴィンスがハロタンのにおいを残すミスをしなければ、完全犯罪を許していたかもしれない。

沈黙があった。優里奈は寒気をおぼえたように、コーヒーカップで両手を温めていたが、やがてそれをテーブルに戻した。居ずまいを正し、優里奈が微笑を浮かべた。

「ほんとに、どうお礼をいえばいいか」

ゲンゾーが口をはさんだ。「気にせんでください。ただし依頼人を連れまわして、かっこいいところを見せようとしたレイは、こってり絞ってやらにゃなりません。まだまだ半人前だ」

レイはうんざりした。「本気でいってるのかよ」

デニスがソファに歩み寄った。「おふたりとも、総領事館と旅行会社のはからいで、グアムの滞在日数が延びたんでしょう？　どうかゆっくり楽しんでください。困ったことがあったら、いつでもうちへどうぞ」

優里奈が笑顔で立ちあがった。「そうします。結菜がこちらに相談してくれてよかった」

「送りましょうか」デニスがきいた。

「いえ。レンタカーで来てますので」

デニスが優里奈をエントランスにいざなう。その隙を突くように、結菜がレイに近づいてきた。

結菜は微笑とともにつぶやいた。「わたしは楽しかったよ。レイ。とってもかっこよかった」

笑いかえそうとしたが、ゲンゾーの咳払《せき》いで水を差された。結菜のほうもレイに、午後の予定ぐらいはたずねる気でいたのかもしれない。事実ついさっきまでは、そんな目をしていた。だが祖父の前だと意識したからだろう、結菜は苦笑いを浮かべ、そそくさと退散していった。

ふたりを送りだしてから、デニスがレイを振りかえった。「信じられん。おまえ、依頼人とタメ口で喋りあってたのか。いつからだ」

父の地獄耳はあいかわらずだ。誰と仲良くしようが勝手だろう。レイは自分のデスクに引き揚げながら淡々といった。「味方《フレンド》だと伝えようとして、友達と表現しちまった。日本語は不得意でね」

第二話　未明のバリガダハイツ

1

グアムは日中暑い。夏の盛りとなればなおさら過ごしにくい。生まれ育った身でもそれは変わらなかった。父や祖父と一緒にいるのは窮屈でも、レイ・ヒガシヤマは事務所に引き籠《こ》もるのを選んだ。

マイクロネシアモール近くにある、アーリーアメリカン調平屋建て、イーストマウンテン・リサーチ社。そこがレイの職場だった。家族三代のデスクが縦列に並ぶ室内は、冷房が効いていて快適そのものだ。いまは接客用カウンターにもソファにも人はいない。よって三人とも、それぞれのデスクでぐうたらに過ごすことになる。

祖父のゲンゾー・ヒガシヤマは、よく冷えた部屋のなか、熱いコーヒーを好む。いまも湯気の立ち昇るコーヒーカップを口に運びながら、しわがれた声でいった。「デニス。表に立ってるあの女性な。入ってくるほうに二十ドル賭《か》ける」

レイの父、デニス・ヒガシヤマが顔をあげ、ブラインドの隙間に目を向けた。「うちを訪ねようかどうか迷ってるみたいだ。俺も訪ねるほうに二十ドル」

ゲンゾーが不満そうに唸《うな》った。「賭けが成立せんだろう」

するとデニスはレイに向き直った。「おまえはどっちだと思う?」

レイはすでに窓の外を確認済みだった。年齢はレイと同じく二十代半ばのようだ。長い髪に縁どられた小顔も、エンジいろのAラインワンピースから伸びる腕と脚も、眩《まぶ》しいほどの色白を誇る。日本人観光客にはめずらしくない。だがたすき掛けしたバッグの飾りけのなさに、島民っぽさが漂う。移住してきて間もないか、もしくはロングステイか。

いずれにしても賭博《とばく》に乗るつもりはなかった。レイはつぶやいた。「くだらない」

デニスが嘲《あざけ》るような目で見つめてきた。「女の依頼人に大甘のおまえが無関心か。人妻ってだけで、そんなに興味を失うのか」

嫌な物言いだ。けれども女性が左耳の上に飾った花に、レイも気づいていないわけではなかった。あれは既婚者を意味する。独身なら花は右耳だった。

ゲンゾーがいった。「既婚者だからって男を求めとらんとは限らんぞ」

レイは手もとのパソコンに向き直った。「それエヴァおばあさんのこと?」

デニスが愉快そうに笑い声をあげた。

「馬鹿者」ゲンゾーがしかめっ面で睨《にら》みつけてきた。「フランス系アメリカ人は一途《いちず》だ」

「どうかな」デニスがからかい気味に応じた。「このなかで純日本人の血は親父だけだ。西洋人の結婚相手について理解できてない可能性が高い」

「おまえこそケイコを大事にしとるのか」

ファミリービジネスは長所も多いが、身内ばかりのせいで会話が低俗になりがちだった。レイがうんざりしたとき、エントランスのガラス戸が開いた。くだんの若い女性がカウンターに歩み寄ってきた。

ゲンゾーが満足そうにいった。「二十ドルだ」

デニスは眉《まゆ》をひそめた。「俺は逆張りしてないぞ」

女性は戸惑いのいろを浮かべた。「なにか……?」

日本語だった。レイは立ちあがって応じた。「ようこそ。探偵のご依頼ですか」

「はい。こちらでしたら、日本人の相談にも親身になっていただけるときいたので」

「結婚なされて、こちらにお住まいでしょう? まだ日は浅そうですが。ひと月以内ですよね?」

さも驚いたように、女性が目を丸くした。「どうしてそう思うんですか」

デニスも席を立ち近づいてきた。「息子の浅知恵です。色白であられるので、日焼け止めをたっぷり塗りこんでおられるんだろうと。どんなに肌を気にする女性でも、何か月も住むうちに、どうしても焼けてくる。やがて面倒になって塗らなくなるもんです」

「ああ」女性が微笑した。「たしかに。このところSPF110の日焼け止めが品薄ぎみで、長くつづかないかも」

「品薄？ そうですか。観光客が大量に買っていくからでしょう。日本ではSPF50までしか売ってないので」

レイはデニスを見つめ、あえて皮肉めかした口調でいった。「左耳の花がプルメリアだって気づいてた？ グアムで数少ない、においのする花をわざわざ身につけてる。爽《さわ》やかで甘い香りがまだ新鮮なんだよ。島に住みだして半年も経つと、無香のハイビスカスやブーゲンビリアを選ぶようになる」

ゲンゾーがデスクにおさまったまま告げてきた。「家内のエヴァは島に住んで長いが、まだプルメリアをつけとるぞ」

デニスがゲンゾーを振りかえった。「お袋は鼻が悪い」

女性は真顔でレイを見つめてきた。「おっしゃるとおりです。この花の香りに、心がとても安らぐので」

「ふん」ゲンゾーは苦い表情でコーヒーをすすった。「占い師と同じで偶然当たっただけだ」

レイはカウンターの外にでた。「じっちゃんの言葉はいつも励みになるよ」

ソファをすすめると、女性は恐縮したようすで一礼し、浅く腰かけた。

名刺を差しだし自己紹介する。「レイ・ヒガシヤマです。あなたのお名前は?」

「キヨミ・ミドルトンといいます」

「結婚して姓が変わったんですね」

「はい。もとの名前は宮沢清美《みやさわきよみ》です。夫はタツヒコ・ミドルトンといって、日系二世のアメリカ人なんですが、ご存じですか」

「さあ。グアムは狭い島ですが、十八万人もいますので。どちらにお住まいですか」

「バリガダハイツです」

タモンのタロヴェルデに次ぐ高級住宅街だった。レイはキヨミを見つめた。「優雅にお暮しなんですね」

「いえ……。引っ越してきたばかりで、まだ落ち着きません。夫は自営業者です。職業は作家で、ペンネームはジョージ・シップトン」

デニスがカウンターから身を乗りだした。「ジョージ・シップトン?『トーキョー・インヴェスティゲーション』シリーズの？」

キヨミの表情が和らいだ。「ご存じなんですか」

「もちろん。全米ベストセラーじゃないですか。東京を舞台にした私立探偵ものですよね。作者が日系人とは知らなかったな。たしかサンフランシスコ在住だったはずですが」

「それが夫なんです。日本に長期滞在しているとき、足を捻挫《ねんざ》して入院して、わたしと知り合いました。わたし、杉並《すぎなみ》区の病院で看護師をしてたので」

レイはきいた。「仲が深まって結婚したわけですか」

「はい。一年近くおつきあいして、プロポーズされました。タツヒコさんはサンフランシスコで同居したがってたんですが、わたしのほうにも両親がいるのでといったら、日本に近いグアムに住もうと提案されて」

「作家の仕事に支障はないんですか」

「原稿が書きあがったら、メールにファイルを添付して版元に送るだけなので、地球上どこに住んでても同じだといって」

「ふうん。羨《うらや》ましい話ですね。じゃ入籍はこっちで？」

「はい。日本から書類を持ってきて、市長執務室で婚姻の届け出をして」

「驚いたでしょう。市長の前で誓約させられるなんてね」

キヨミが控えめに笑った。「びっくりしました。ふたり以上の身内の同席も必要といわれ、あわてて日本から家族を呼びました。でも市長さんも職員さんたちも祝福してくれて、温かい雰囲気でよかったです」

「市長に認められた婚姻を、あらためて領事館に報告する必要があると思いますが」

ゲンゾーが顔をしかめた。「レイ。そちらさんは既婚者だぞ。問題なく進めたにきまっとる」

するとキヨミがまた微笑を浮かべた。「レイさんのご心配もわかります。日本とはなにもかもちがうので……。法的にちゃんと結婚したことになっていなかったらどうしようと、そればかり気にしてました」

レイはキヨミにきいた。「祖国への届け出も忘れてませんね？　日本では国際結婚の場合、夫婦別姓が基本ですが」

「夫の姓を希望すればそうなるといわれたので、別途書類を提出しました。いずれ日本に住むかもしれないと思ったので」

ゲンゾーがふたたび口をはさんだ。「私と家内もそうだったが、結局はグアムの居心地のよさに染まるもんです」

キヨミの表情に複雑ないろがかすめた。「どうでしょう……。まだ慣れないことばかりで。とにかく物価が高いですし」

「ああ」デニスがうなずいた。「観光地ってのは、地域全体が観光客価格になってしまうもんです。現地民用スーパーの7デイかアイランドフレッシュあたりなら、それなりに安いですが、品揃えが悪くて」

「ええ」キヨミの声が小さくなった。「ほかにも戸惑うことばかりです。夫はいつもトイレのドアを開けっ放しにするんです。閉めておくとまた開けるし」

そこも苦笑するしかない。レイはいった。「アメリカの家庭じゃそれが普通です。閉まってると誰か入ってると思う。便座の蓋《ふた》さえ閉じていればおかしくありません」

「そうなんですね。近所の人と話して、こっちの常識だと知りました。作家は特殊な職業なので、夫ひとりが変わり者かと思ってました」

デニスがカウンターに両肘《りょうひじ》をついて寄りかかった。「有名人の旦那《だんな》さんのことでも、遠慮なくご相談ください。うちは秘密厳守です」

キヨミが困惑顔でデニスを見かえした。「夫のことじゃないんです。じつは、つきまといについての相談で」

「つきまとい？　ストーカーですか」

ためらいがちな表情とともに、キヨミが姿勢を正した。「わたしの結婚を知って、グアムまで追いかけてきてるんです」

レイはキヨミを見つめた。「そのストーカーは知り合いですか」

「見ず知らずの他人とはいえないんですが……。中学時代の同級生です。ただし同じクラスだったというだけで、ろくに話したこともありません。それでも何年か前から、わたしの実家を訪ねてきたり、手紙を送ってきたりしてました」

「手紙の内容は？」

「いちど食事をしたいとか、映画のチケットが二枚あるから一緒に行きたいとか」

ゲンゾーがつぶやいた。「それだけじゃ気があるかどうかわからんな」

レイはゲンゾーを振りかえった。「じっちゃん、グアム暮らしが長すぎて、青春時代を忘れちまったのかよ。アメリカ人はデートといわなきゃデートじゃないけど、日本人は男が女を誘った時点でデートだよ」

「知らんな。青春時代はもうアメリカだったからな」

キヨミの顔に翳《かげ》がさした。「その人はわたしの結婚をどこかで知って、すごい剣幕で両親のもとに怒鳴りこんできたんです。結婚が事実ときかされ、その人は激しく取り乱したそうです」

デニスがたずねた。「キヨミさんは以前、その人とつきあってはいなかったんですね？　思わせぶりな態度をとったことは？」

「いちどもありません。だから困ってるんです」

レイはキヨミを見つめた。「ストーカーの名前は？」

「榎根《えね》祥也《しょうや》といって、わたしと同じ学年でしたから、いま二十六ですね。顔がわかる物も探したんですが、とりあえず実家の母が卒業アルバムの写真をスマホで撮り、メールに添付して送ってくれました。それぐらいしかありません」

差しだされたスマホの画面を見る。短髪に角ばった顔、腫《は》れぼったい瞼《まぶた》の中学生男子が映っている。

レイは頭を掻《か》いた。「十年も経ってれば人相も変わるかも」

「そうでもないんです。先々週でしたか、Kマートでばったりでくわしたとき、すぐに誰なのかわかりましたから」

「中学以来の再会ですか」

「ええ。そのとき榎根君がグアムに来てるのを知りました。ひとこともなく結婚するのはひどい、いちど話しあいたいというんです。わたしは逃げようとしましたが、榎根君が腕をつかんできました。幸い警備員が近づいてきて、榎根君は逃げていきましたけど」

「再会以前に、榎根という男の動向だとか、噂をきいたことは？」

「あまりよく知りませんが、十九歳のときに傷害事件を起こしたとか」

「傷害事件……」

ふいにガラス戸が開いた。開襟シャツを着た中肉中背、三十代の日系人が入ってきた。髭面《ひげづら》でぎょろりと目を剝《む》き、キヨミを見下ろした。

男は英語でまくしたてた。「やっぱりここか。パソコンで探偵事務所を検索した痕《こん》跡《せき》があったから、もしやと思った。立て、キヨミ。帰るぞ」

キヨミがうろたえたようすでいった。「いま相談してたんです」

「こんなところに依頼して、どれだけ金がかかると思ってる。もう警察の耳にはいれてあるんだ、余計なことをするな」

何者かはすでにあきらかだった。デニスがカウンターを抜けだし、愛想よく手を差し伸べた。「お会いできて光栄です、ジョージ・シップトンさん。タツヒコさんという本名は存じあげませんでしたが、日ごろから尊敬しております」

タツヒコ・ミドルトンは硬い顔でデニスを見かえしたが、差しだされた手を握るのに躊躇《ちゅうちょ》は見せなかった。「どうも。妻がご迷惑を」

「とんでもない」デニスはタツヒコを見つめた。「あなたも奥様のストーカー被害はご承知なんですね？」

「もちろんですよ。家の前に何度も現れたし、外出する妻を尾《つ》けまわしているみたいなんでね。警察がパトロールを強化してくれるそうです」

「効果がありましたか」

「いや……。ゆうべも呼び鈴を鳴らすので、私がでていったら一目散に逃げていった。警備会社と契約しようかと思ってたところです」

「警備ならうちもやってますよ。専任のスタッフもいます」

「申しわけないが、妻を追いまわす害虫もいずれ滞在費が尽きる。あきらめて日本に帰るだろう」

「サンフランシスコ出身で、推理小説をお書きのあなたなら、よくご存じのはずです。アメリカのストーカー被害は洒落《しゃれ》になりません。過激な暴力行為が頻発しますし、負傷で済まなかったケースも多くあります」

「今度のストーカーは日本人だ」

「でもあなたがたはグアムにお住まいです。アメリカの準州ですよ。刃が三インチあれば鋏《はさみ》すら携帯できない日本とはちがいます。こっちではいろんな武器が入手可能で、しかも持ち歩ける。それが被害を深刻なものにするんです」

「私も護身用の拳銃《けんじゅう》を持ってる。いざというときには、私が妻を守る」

ゲンゾーがデスクから告げた。「立派な心がけですが、あなたにも仕事がおありだろうから、四六時中奥さんをガードするわけにもいかんでしょう」

タツヒコがゲンゾーを見かえした。「それでも私はグアムに住むと決めた以上、この治安を信じ……」

「ところで」ゲンゾーが遮った。「あなたの作品だが、日本の探偵事情やアメリカの警察制度について、もっと詳しい情報を盛りこまれてはどうかな」

デニスがゲンゾーにきいた。「読んでたのかよ」

「NBCでドラマ化されとる」ゲンゾーはタツヒコを見つめた。「私もデニスも元警察官でね。よければ助言して差しあげたいが」

するとタツヒコが表情を険しくした。「申し出はありがたいのですが、担当編集者がリサーチしてくれるので」

「それじゃ不充分でしょう。プロしか知らないことが書いてあれば、読者から一目置かれますよ。評価が高まり、売り上げにつながるかも」

意外なことに、タツヒコが迷う素振りをしめした。やがて渋々といったようすで、キヨミの隣りに腰を下ろした。「相談するかどうかはさておき、妻の発言の自由は認めます。キヨミ、いいたいことはぜんぶいえばいい」

レイは驚いた。いつも難癖ばかりを口にする祖父の言葉が、アリババの呪文《じゅもん》のように思えた。

2

晴れた日の正午すぎ、レイはサリーン・マスタング・ロードスターの幌《ほろ》を閉じ、島中央部の高台に向かった。バリガダハイツに入ると、速度を落とし徐行した。ビバリーヒルズと見紛《みまが》うばかりの豪邸の数々は、規模ばかりか建築資材からして、ほかの区域の家屋と異なる。グアムでも指折りの高級住宅街という様相を呈する。

ただしLAとは明確なちがいがある。どの屋敷の庭もフェンスに囲まれてはいない。アメリカ本土に住む富裕層ほど警戒心が強くないのは、島特有のおおらかさゆえか。事実として不審者は見あたらない。通行人自体がまばらだった。バスで来た観光客らが、そこかしこを散策するにすぎない。

助手席の父デニスはサングラスをかけている。だがレイは周りの観察を優先し、裸眼で運転していた。ステアリングを切りながら、レイはデニスにいった。「じっちゃんの言葉でタツヒコ氏が態度をあらためるとはね。結局ストーカーの居場所をつきとめるのも、会って警告を発するのも、うちの仕事になった」

「ああ見えて親父は人を説得するのがうまい。俺たちもいつの間にか乗せられてることが多いだろ」

「そうかな。年寄りのいいだしたことに、やむなく従ってるだけかと思ってた」

「ミドルトン夫妻、どう思う？」

レイは思いのままを口にした。「ほんとにベストセラー作家かな。奥さんは物価の高さを気にしてるし、旦那《だんな》のほうは探偵への依頼を渋る理由が金でしかなかったし」

「ＳＰＦ１１０の日焼け止めが品薄ともいってたな」

「安売りの店にかぎっての話だよね。タモンならいつでもまとめ買いできる。キヨミさんはかなり切り詰めた生活を強いられてるんじゃないかと思う」

デニスが前方に目を向けた。「家のローン払いが大変なだけかもしれんがな」

くだんの豪邸が見えてきた。レイはクルマを停めた。南欧風のオレンジ瓦《かわら》に白塗りの壁、ファサードの二階まで届く円柱。真新しい屋敷が光り輝いている。不動産業者の情報によれば、土地と建物で約百六十万ドル。

庭は広大だが、やはり囲いがない。レイはつぶやいた。「榎根って男、芝生の上を歩いていって、玄関ドアの前に立ち、呼び鈴を押したってことか。防犯カメラは？」

「インターホンのカメラには映っただろう」デニスは双眼鏡を覗《のぞ》きこんだ。「ほかにカメラらしきものは見当たらないな。ああ、ガレージの屋根にひとつある。モーションセンサー付きの汎用《はんよう》型だ。あまり好ましくないな。カメラの近くで人の動きがなきゃ録画しない」

同感だった。なにか起きたとしても、常時録画でなければ前後のたしかめようがない。レイはデニスにたずねた。「きょうは留守じゃないんだよね？」

「旦那は家の書斎で執筆だといってた。奥さんもいるはずだ」

「専業主婦で家に籠《こ》もりっきりってことは、ストーカーがふだんから見張っていてもおかしくないな」

周辺を眺め渡した。現地のガイドがツアー客を引率する、そんなグループが三つほど目につく。つなぎを着た作業員らしき男が、向かいの家の前を歩いていた。配管工だろうか。

その家の庭を、大型犬が吠《ほ》えながら駆けてきた。放し飼いだった。つなぎの男はびくつく反応をしめし、すくみあがって身を退かせた。犬は芝生から路上に飛びだすことなく、ぎりぎりで立ちどまった。なおも男は警戒心をあらわにしながら遠ざかっていく。

デニスがきいた。「いまの見たか？」

「ああ」レイはギアを入れ替え、ゆっくりとクルマを発進させた。「見えないフェンスってやつを知らなかった。このへんで働いてる作業員としちゃ妙だ」

塀のない庭だが、境界に配線が埋めてある。犬が近づくと首輪に電流が流れ、その場に静止させる仕組みだ。アメリカの住宅街では常識的な設備だった。それをしめす立て看板まである。にもかかわらず、つなぎの男は犬に尻込《しりご》みをした。

徐行しながら男を追い抜く。痩《や》せ細った体型で、力仕事には向かなそうだ。かなり若いのがわかる。アジア人にちがいない。デニスがサイドミラーを覗きこんだ。顔を確認している。

男が歩を緩めた。こちらが減速するのは不自然だった。レイはクルマを走らせながらデニスにたずねた。「どう？」

「はっきりとは見えなかったが、中学生のころの榎根に似てなくもない」デニスはミラーを眺めつづけていた。「おい、角を折れたぞ」

レイはクルマを停め、後方を振りかえった。男が向きを変え、傾斜した道を小走りに下っていく。庭に塀がないと、こういうときにも見通せる。だが向こうにとっても同じだった。あわてて追いかけようとすれば気づかれる。

少し間を置いてからクルマを切りかえした。ゆっくり下り坂へ向かうと、男の後ろ姿が目にとまった。停めてあった自転車にまたがり走りだした。不穏な空気を察したのか。ただし男に振り向く気配はなかった。

デニスが鼻を鳴らした。「作業員に化けるとは悪質だな。四六時中ここに張りこんでるのか」

探偵さながらのやり口だとレイは思った。このまま尾行して居場所を突きとめる。ストーカー行為はエスカレートするのが常だった。放置はできない。

3

タモンは日本人天国だ。街並みはアメリカ西海岸風で、英字看板がお洒落《しゃれ》に目に映るが、小さく日本語が併記してあるので不便がない。食事も買い物も近場で済ませられる。適度に外国気分を味わいながら、肩身の狭さはまったく感じない。主都ハガニアやタムニングへのシャトルバスもでている。免税店が集まった複合施設から小規模な遊園地まである。昼間なら治安もいい。若い女性がひとりで市街地を歩いてもかまわない。

尾行のターゲット、作業員姿の男は人目を避けず、タモンの中心部へと向かった。海外旅行の初心者にちがいない、レイはそう思った。アウトリガー・ホテルに泊まっているのがその証《あかし》だった。高級ホテルといってもグアムだけに、さほど格式は高くない。日本の旅行会社にパッケージを頼めば、たいていそのあたりのホテルの宿泊になる。旅慣れていれば、もっと安いプランを自力で探せるだろう。素人が拙速にグアム滞在をきめたのなら、アウトリガーに落ち着くのもうなずける。

よく私服警備を頼まれるホテルだけに、スタッフとも知り合いだった。宿泊者リストを見せてもらい、榎根祥也の名を見つけた。チェックイン時にフロントの従業員がパスポートを確認している。本人にまちがいなかった。すでに四泊していて、明日《あした》の昼にチェックアウトの予定らしい。

低層階に位置する最安値の部屋だった。レイはデニスとともにドアの前に立ち、呼び鈴を鳴らした。

ほどなくドアが開いた。つなぎではなく、Tシャツにジーパン姿に着替えている。浅黒く日焼けした顔を眺めたとき、なるほどとレイは感じた。キヨミが会ってすぐに気づいたはずだ。大人になってはいるものの、中学時代の顔写真と特徴がまるで同じだった。

デニスが日本語で話しかけた。「榎根さんですね？」

榎根は不安げに目を瞬《しばたた》かせた。「そうですけど」

「イーストマウンテン・リサーチ社のデニス・ヒガシヤマといいます。彼は息子のレイ。私立探偵です。少し話がしたいんですが」

「あ、はい」榎根は戸惑いがちに応じた。「入りますか」

「ほう。ロビーでもよかったんですが、じゃ遠慮なく」デニスはドアを大きく押し開け、なかに踏みこんでいった。

レイもデニスにつづいた。ほの暗いのは陽光が遮られているせいだ。窓の外にビーチは望めず、代わりに工事現場の足場が視界をふさぐ。ベッドはキングサイズだが、宿泊はひとりだった。日本におけるシングルルームの概念はグアムにはない。

リュックサックのほか、ABCストアのロゴが入った袋が散乱する。からのペットボトルやランチのポリ容器も床に転がる。パッケージ料金で部屋代は割安になっていても、食費の節約は欠かせなかったようだ。

デニスが榎根にいった。「どうぞ座ってください。われわれは立ったまま話します」

榎根はおとなしくベッドに腰かけた。気の小ささはのぞくものの、落ち着いた態度をしめしている。「探偵とおっしゃいましたけど、宮沢清美に雇われたんですか」

「キヨミ・ミドルトンだよ」デニスは腕組みをした。「もう既婚者だ。彼女につきまとうのは問題がある行為だよ。自覚はあるんだろ？」

「僕は話しあいを求めてるだけです。恋人ならその権利があるはずです」

「あなたは恋人だと思ってても、彼女にはもう夫がいて……」

すると榎根がリュックサックからパスケースを取りだし、開いて差しだしてきた。デニスが表情を凍りつかせた。妙な顔をして見つめる。レイもパスケースを覗きこんだ。とたんに絶句せざるをえなかった。

写真は榎根とキヨミのツーショットだった。子供のころではない、せいぜい二年か三年前だろう。場所は都内のカフェテラスあたりと思われた。ふたりともカジュアルな装いで、ぴたりと身を寄せ合っている。揃って微笑するさまは、幸せを絵に描いた姿としか見えない。お似合いのカップルそのものだ。

探偵という職業に就いていれば、写真の加工を見抜くコツも自然に身につく。光の加減やピントの定まり方を見てとった。合成ではなさそうだった。

しばし沈黙が生じた。デニスが怪訝《けげん》そうにつぶやいた。「彼女はきみのことを、中学で同級生だったものの、さほど親しくないといってたが」

「あの日系アメリカ人……タツヒコ・ミドルトンでしたっけ、あいつから口止めされてるにきまってます。金にあかせたプレゼント攻勢で、強引にプロポーズしたんです」

「でもキヨミさんは承諾したんだろ？」

「清美は贈り物をかえそうとしたけど、彼女の父親が事業に失敗して借金があったので、母親のほうがそれらを質屋に売っちゃったんです。法的には贈り物をかえす義務はないそうですが、かなりの金額にのぼるし、裁判沙汰《ざた》になるぐらいならと清美が折れたんです」

「まさか。戦前じゃないんだし、金だけが理由で嫌いな相手と結婚するなんてありえんだろう。争ってでも突っぱねて当然だ」

「日本人は揉《も》めごとを好みません。清美は自分の優柔不断さが招いたことだと信じ、母親に抗議もできず、ひとり責任をとろうと決心したんです」

デニスが納得しかねるというように反論し、榎根が粘り強く説明する。ふたりの会話はつづいた。レイは聞き流しながら、ひそかに室内を物色しだした。

棚にホテルのバウチャーが置いてある。その下には旅行会社の封筒が横たわっていた。なかから帰りの航空券がのぞく。明日午後三時発、成田行き直行便だった。ここをチェックアウト後、別の場所に滞在する気はないらしい。榎根がキヨミに会うつもりなら、残り時間は一日弱しかなかった。

床に投げだされた手提げ袋の中身も気になる。雑誌よりひとまわり大きな紙が数枚、透けて見えていた。印刷された円から射撃場の的だとわかる。試し撃ちに参加すれば記念に持ち帰れる。中心付近に四発命中していた。まぐれとは思えない。通い詰めて練習した結果、それなりに腕をあげたのだろうか。

もっとも榎根は観光客にすぎない。射撃場へは行けても、拳銃《けんじゅう》の購入は不可能だ。デニスが語気を強め、榎根に問いただした。「作業員に扮《ふん》して張りこむなんて、自分のおこないにやましいところがあるとわかってたからだろう」

すると榎根は不満げな顔になり、リュックサックから丸めた衣類を引っぱりだした。広げるとつなぎだった。「僕の仕事着です。阿佐ヶ谷《あさがや》で内外装工事の契約社員をしてます。交通費を節約するため、レンタル自転車でバリガダハイツまで往復するので、これを着てたほうが動きやすいんです。袖《そで》が短いと日焼けしちゃうし」

困惑顔のデニスがレイに目を向けてきた。レイも黙って父を見かえすしかなかった。

4

タモンの北端にあるショッピングモール、パシフィック・プレイス内のカフェで、レイはキヨミと向き合って座っていた。

隣りでデニスが険しい表情とともにいった。「黙ってちゃわかりません」

キヨミは視線をおとした。しばらく無言のままだったが、やがて肩が震えだした。嗚咽《おえつ》とともに大粒の涙が滴り落ちた。

デニスがため息とともに頭を掻《か》きむしった。同じ気分だとレイは思った。キヨミの返答をまたずとも、この反応こそが榎根の言いぶんを裏づけている。

かなりの時間がすぎた。キヨミは顔をあげず、すすり泣きながらつぶやいた。「ごめんなさい」

レイは努めて穏やかに応じた。「誰でも話せないことはあるでしょう。でもあなたは自分で探偵事務所を訪ねたんです。本音を打ち明けてくれないと力になれません」

「そうですね」キヨミは指先で頬を拭《ぬぐ》った。「本当はタツヒコさんの指示でした。榎根君との過去はなかったことにして、ただストーカー被害を訴えろと……。わたしが自発的に調査をお願いしたことで、タツヒコさんは関与してない、そういうかたちにするよういわれました」

デニスが唸《うな》った。「うちの事務所に旦那《だんな》さんが現れたのは、あなたを追いかけてきたんじゃなくて、ようすを見に来たわけですね。あなたがちゃんと言いつけどおりに行動してるか、監視してたわけだ」

キヨミは小さくうなずいた。「最初は警察を頼ったんですが、なにもしてくれないので、探偵さんにお願いすることになったんです」

「見くびられたもんだな」デニスの眉間《みけん》に皺《しわ》が寄った。「私たちが調査すれば、ストーカー行為の動機もいずれ突きとめます。こうなることは必然でした」

「タツヒコさんは、探偵さんを雇えば榎根君を追い払ってくれると、それしか考えてなかったようで……」

レイは身を乗りだした。「キヨミさん。いまでも榎根さんが好きなんですか?」

これも答えをきくまでもなかった。キヨミは両手で顔を覆い、声を殺して泣きだした。

デニスがキヨミを見つめた。「質問を変えましょう。旦那さんに愛はありますか」

するとキヨミの視線があがった。赤く充血した目でデニスを見かえすと、ためらいがちに髪を掻きあげた。

さらなる衝撃が襲った。キヨミの左のこめかみに、紫いろの痣《あざ》ができている。一見して内出血だとわかった。

キヨミがささやいた。「いうとおりにしないと暴力を振るわれるので」

レイはきいた。「棒状の物で殴られたようですが」

「野球のバットです。タツヒコさんが、いつも手の届くところに置いてます。これでも手加減してるといってました」

妻を威嚇する行為が日常化していたのか。レイは慎重にいった。「キヨミさん。状況は深刻です。もうDV以外のなにものでもありません。帰宅せず警察へ相談に行くべきでしょう。探偵が同行すれば取りあってもらえます」

キヨミのまなざしが当惑のいろを帯びた。「ありがたいんですけど、だいじょうぶです」

デニスが首を横に振った。「そうは思えませんね」

「いえ」キヨミがまたうつむいた。「ぜんぶわたしが自分で蒔《ま》いた種です。タツヒコさんとは、いずれきちんと話さないといけないと思ってました」

レイは思わず唸った。「離婚を切りだすつもりですか。また暴力を振るわれるかも」

「時間をかけて説得します。いま心配なのは榎根君です。わたしの前に現れたら、タツヒコさんがなにをするかわかりません」

「榎根君も過去に傷害事件を起こしたぐらいだから、血の気が多いでしょう？」

「そうじゃないんです。前に申しあげなかったことを後悔しています。榎根君は十九歳のころ、工場勤めでした。職場でいじめられていた後輩をかばい、上司を殴ったんです。逮捕後、親から縁を切られてしまい、榎根君は誰も頼れずひとりで暮らしてます」

「たしかですか」

「探偵さんなら、お調べになればきっとわかると思います。多くの人が知ってることなので」

「あなたはそれを不憫《ふびん》に思ってるんですね。いまのうちに榎根君と会って話せば……」

ふいにデニスがレイの脚を軽く蹴《け》った。レイは驚いてデニスを見つめた。

デニスが窓の外を一瞥《いちべつ》した。その視線を追ったとき、レイは息を吞《の》んだ。とっさに目を逸《そ》らす。

ショッピングモールから道路をはさんだ反対側。黒塗りのセダン、ベンツSクラスが停車している。運転席からこちらを眺めているのは、見覚えのある顔だった。サングラスをかけているが、タツヒコ・ミドルトンに相違なかった。

レイはキヨミにたずねた。「お気づきでしたか」

「はい」キヨミが小声で応じた。「わたしの外出時にはいつもついてきます。きょうも探偵さんから呼びだされたと知り、目の届く場所から見張ってるといってました」

「あなたが泣いてたんじゃ、真実を打ち明けたと疑われますよ」

キヨミが喉《のど》にからむ声で応じた。「タツヒコさんには、ただ動揺しただけと説明します」

デニスは居住まいを正し、キヨミをまっすぐに見つめた。「榎根さんのグアム滞在は明日《あした》までです。それまであなたに寄りつかないよう、彼を説き伏せることは可能でしょう。ご希望なら、私たちのほうから連絡しておきます。でも旦那さんとのことは、あなたひとりにまかせることになる。本当にだいじょうぶですか」

「ええ」キヨミは表情をこわばらせながらおじぎした。「お気遣いに感謝します」

5

ハガニア湾に面したジョーンズタウンにある自宅で、レイは就寝中に叩《たた》き起こされた。まだ外は暗い。時計を見ると午前三時すぎだ。

にもかかわらずデニスが怒鳴った。「急げ、バリガダハイツへ行くぞ」

一瞬で目が覚めた。レイはあわててベッドから抜けだし、素早く着替えた。クルマのキーをつかんで外に駆けだす。

闇のなかサリーン・マスタングに乗りこんだとき、隣りに停めてあるはずの祖父ゲンゾーの愛車、キャデラックCTSが消えているのに気づいた。

デニスが助手席に乗りこみながらいった。「親父は先にでた」

「じっちゃんが?」レイは驚いた。「年寄りの早起きには圧倒されるな」

「ああ。牛乳配達でもやったほうがいいんじゃないかと思う。警察無線も親父がききつけた」

「なにが起きたって?」

「まだ情報がはっきりしないが、銃撃事件のようだ。負傷者がでてる」

逸《はや》る気持ちを抑えながら、レイはクルマを夜道へと発進させた。

路上は閑散としていた。収益を日中の観光に頼っているグアムは、深夜以降さっぱりクルマの通行が途絶える。いまごろはタモンですら静寂に包まれているにちがいない。

高台へつづく道を登りきり、豪邸ばかりの住宅街に乗りいれると、その一角に複数の青いパトランプが波打っていた。ミドルトン家の周辺だった。路上に黄いろいテープが張りめぐらされている。濃紺の制服が無数に右往左往する。袖《そで》のワッペンに椰子《やし》の木が刺繍《ししゅう》されたグアム警察だが、いまはぴりぴりとした空気を漂わせていた。

レイはデニスとともにクルマを降り、テープで仕切られた区画に近づいた。

顔見知りのスーツが振りかえる。短髪に馬面の白人、アダム・バージェス警部がやれやれという表情になった。「警察官以外は締めだしたいところだが、依頼人の家で起きた事件である以上、私立調査官として立ち入る権限があるってんだろ。さっきゲンゾーじいさんがそう主張していった」

デニスが鼻を鳴らした。「こりゃ話が早い。俺も元警察官だ、むやみに踏み荒らしたりはせんよ」

「どうだか」バージェスはそうこぼしながらも、テープを高く引きあげ、レイとデニスをくぐらせた。

アメリカの警察組織は複雑で、縄張り争いが絶えない。グアム警察についても、空港警察や空軍警察との諍《いさか》いをよく耳にする。以前は自警組織に近いＣＡＰＥがあって、捜査の主導権をめぐりグアム警察と対立していた。スポンサーが撤退してＣＡＰＥが潰《つぶ》れてからは、グアム警察の権限が拡大した。狭い孤島にあって、私立探偵は警察と仲良くやっていかざるをえない。

バージェスが庭を先導しながら説明した。「榎根祥也という日本人が、夜中にここへ侵入した。家主であるタツヒコ・ミドルトン氏が護身用に所持していた拳銃《けんじゅう》を、榎根が奪いとった。だがタツヒコ氏はガレージ前で反撃にでた。バットを振りかざし、榎根に襲いかかった。榎根がとっさに発砲し、弾はタツヒコ氏の腹部に命中した」

レイはデニスと顔を見合わせた。胸のうちに暗雲がひろがる。きのうの夕方、榎根を説得した。ミドルトン邸に近づけばキヨミを苦しめることになる、いったん黙って帰国してくれないか、そう伝えた。けれども彼は自制できなかったようだ。

ガレージ周辺に鑑識要員が動きまわっていた。遠目にしか観察できない。それでも芝生の上の血痕《けっこん》は見てとれる。おびただしい量の出血だった。

デニスがバージェスにきいた。「榎根祥也はどこへ行った?」

「逃走中だ」バージェスが渋い顔で応じた。「空港警察には通達済みだから、出国はできんよ」

救急車が庭に乗りいれていた。ストレッチャーが搬入されようとしている。横たわっているのはキヨミだとわかった。顔面蒼白《そうはく》になり、唇を小刻みに震わせている。その傍らにゲンゾーが立っていた。話をきく自由は与えられているらしい。レイがデニスとともに歩み寄ると、キヨミの表情がかすかに和らいだ。

「探偵さん」キヨミがすがるような目を向けてきた。「榎根君は呼び鈴を鳴らしただけなんです。でもタツヒコさんが拳銃を持って飛びだして……。榎根君が銃をもぎとったのは、冷静に話しあうためでした。なのにタツヒコさんは興奮しきっていて、またバットを持ちだして」

レイは静かに語りかけた。「どうか落ち着いて。警察がすべてを立証してくれますよ」

キヨミが深く長いため息をついた。目を閉じたとき、滲《にじ》みでた涙が頬を流れおちた。バージェスが救急隊員にうなずく。ストレッチャーがリフトアップされ、救急車に運びこまれていった。

サイレンが遠ざかる。バージェスの案内で、レイたちは屋敷の玄関に向かった。警察は邸内を捜索する許可を、キヨミから得ているらしい。

インターホンのカメラのほか、ガレージにあったモーションセンサー付きカメラの映像を、捜査員が確認中だった。どちらもリビングルームでモニターできる。レイもデニスやゲンゾーとともに、再生された動画を目にした。

午前一時四十七分、たしかに榎根は玄関前に立っていた。呼び鈴を鳴らしてから十二秒間の自動録画映像が残っている。榎根はなにも持っておらず、思い詰めたような表情もなかった。穏便に話しあうことを求め、ここを訪ねたのは事実のようだ。

次いでガレージの映像。センサーの範囲内で動きが生じてから、録画が始まっている。だが暗視機能が備わっていて、その後の状況は克明に記録されていた。音声も伴っている。

庭でタツヒコと榎根が、わずかに距離を置いて対峙《たいじ》した。画面奥からタツヒコがバットを振りあげ、手前にいる榎根に襲いかかった。

キヨミの姿は見えないが、彼女の絶叫が響き渡った。「やめて！」

榎根のほうはリボルバー式拳銃を手にしているものの、タツヒコを狙ってはいなかった。銃口はタツヒコから大きく逸《そ》れ、左に向けられている。撃つ意思をしめしていないにもかかわらず、タツヒコがバットで先制攻撃にでた。榎根がびくっとして、銃ごとタツヒコに向き直った。

一瞬の閃光《せんこう》は発砲だった。弾《はじ》けるような銃撃音が響いた。キヨミの悲鳴もきこえる。タツヒコはよろめき、バットを手放すと、その場に頽《くずお》れた。突っ伏したまま動かない。

榎根は茫然《ぼうぜん》とたたずんでいる。画面右下からキヨミが駆けだし、タツヒコのわきにうずくまった。応急措置を施そうとしているらしい、タツヒコを仰向《あおむ》けにする。「だいじょうぶ」キヨミが泣きだしそうな声で、タツヒコに語りかけた。「こっちを見て。意識をしっかり持って」

キヨミはワンピースの裾《すそ》を破りとり、ガーゼがわりにタツヒコの腹部にあてた。榎根が後ずさり、拳銃を投げだした。直後、榎根は身を翻し逃げだした。画面下方へその姿が消える。キヨミはなおもタツヒコの出血をとめようとしている。

動きが小さくなったからだろう、録画は停止した。次に録画が再開したときには、救急隊員が駆けまわっていた。

バージェスがいった。「銃声をききつけた隣人が通報。キヨミさんによる応急措置の甲斐《かい》あって、タツヒコ氏は意識不明ながら一命をとりとめてる。予断は許さない状況だがね」

ゲンゾーがモニターを眺めながらつぶやいた。「幸い、銃を持ったまま逃げてはおらんな」

「ええ」バージェスがメモに目を落とした。「凶器は鑑識が回収。スミス・アンド・ウェッソンの三十八口径で、タツヒコ氏による登録が確認済み。いま映像に記録されてた一発だけが発射されてる。バットのほうも調べてるが、なぜかごく少量の血痕や、長い毛髪の付着がみとめられるとか。それらは一日から数日経ってるそうだ」

レイは憂鬱《ゆううつ》な気分とともにいった。「キヨミさんの血だよ」

半ば強制的な結婚から、夫による妻への虐待を経て、今宵《こよい》の悲劇につながった。なにもかも裏づけられていた。榎根はタツヒコを撃とうとはしていなかった。銃口は左に向いていたが、キヨミが駆けだしてきたのは右からだ。よって拳銃は誰もいない方角に向けられていた。安全を意図してそうしたにちがいない。

問題は逃走した榎根の行方だった。どのような行動にでるか想像もつかなかった。射撃場で拳銃の使い方を学ばなければ、とっさの発砲もなかったかもしれない。だがその場合、タツヒコによるバットの殴打が榎根を負傷させたはずだ。より深刻な事態も充分に考えられる。正しくはどうあるべきだったか、安易に結論はだせない。

デニスが壁にもたれかかり腕組みをした。「榎根が早まらなきゃいいが」

するとゲンゾーがデニスを横目で見た。「なんだ。どこへ行くのかわからんとでもいうのか」

レイは面食らった。「じっちゃん、見当がつくっての？」

「むろんだ」ゲンゾーの皺《しわ》だらけの顔が、とぼけたように応じた。「いつもいっとるだろう。おまえらはオーバーに考えすぎとる」

「はん」デニスが鼻で笑った。「親父の名推理に期待してるよ。むかし『ポートピア連続殺人事件』とかいう日本語のゲームを、五秒で解いたっけな」

「たわけ」ゲンゾーは一喝した。「五秒で解けるはずがあるか。オーバーにいうなと、これまで一万回は注意しただろうが」

6

夜明けにはまだ至らない。ひっそりとした暗がりのなか、レイはひとりサリーン・マスタングを飛ばした。タムニングにあるメモリアル病院に向かう。そこにキヨミが収容されたときいたからだった。

キヨミとはすぐに会えた。抗不安薬の投与を受け、それなりに落ち着きを取り戻していた。生気のない蒼《あお》ざめた顔ながら、夫と一緒の病室にしてほしい、キヨミはそううったえた。医師が承諾し、ストレッチャーが外科病棟に運ばれた。

タツヒコは危篤状態で、本来は面会謝絶だった。意識不明のまま人工呼吸器をあてられ、ベッドに横たわっている。心電図がかろうじて脈拍を伝えていた。キヨミは並んだベッドに寝かされた。心配そうに夫の横顔を眺めている。

問題があった。グアム警察の人手不足だった。レイはキヨミにささやいた。「本来ならドアの外に警察官が立つところですが、夜中は下の出入り口に配置するだけで手いっぱいだそうです。俺が居残りましょうか」

「いえ」キヨミが弱々しく応じた。「これ以上、迷惑はかけられませんので」

「迷惑だなんてとんでもない。じゃ名刺を置いときますから、いつでも携帯電話の番号に連絡してください。ただちに飛んできますから」

「ありがとうございます、探偵さん。ご忠告いただいたのに、本当にごめんなさい」

「気に病まないでください、お身体に障りますよ。また明日《あした》きます、おやすみなさい」

おやすみなさい。キヨミがつぶやいた。レイは消灯し、廊下にでた。後ろ手にそっとドアを閉じる。

誰もいない廊下を何歩か進む。レイは立ちどまった。だが足踏みはつづけた。静寂に靴音を響かせ、徐々に小さくしていく。やがて静止した。

しばらくその場にたたずむ。そっとスマホを取りだし、カメラの動画撮影をオンにした。ほどなく病室のなかから物音がきこえてきた。レイは素早く振りかえり、ドアに飛びついた。開け放つと同時に、壁のスイッチをいれ照明を灯《とも》す。スマホカメラのレンズは室内に向けていた。

さっきまでぐったりしていたキヨミが、いつの間にか起きあがっている。タツヒコの枕元、人工呼吸器に手を伸ばし、吸気弁を開閉するバルブをつかんでいた。キヨミはぎくりとした面持ちになり、目を剝《む》いてレイを見つめ凍りついた。

予想していたこととはいえ際どかった。キヨミがバルブをひねっていれば、殺人罪の動かぬ証拠になる。だがそれではタツヒコの命が助からない。キヨミの殺意に気づいていながら故意に見逃したレイも罪に問われる。よって寸前に踏みこむ必要があった。まだ行為に及んでいない以上、バルブを閉じる気などなかった、そう言い張られる恐れがある。それでも制止するにはいましかなかった。

ところがキヨミは、見え透いた申し開きなど口にする気はなさそうだった。落胆のいろを濃くすると、ふらふらと自分のベッドに戻り、腰を下ろした。疲れきったように項垂《うなだ》れる。

心電図に表示される脈拍に乱れはない。タツヒコは無事だった。レイは棚にスマホを据えた。室内全体が撮影できる角度に立てかけておく。

キヨミがうつむいたまま、ささやくようにきいた。「わかってたんですね」

「いや」レイは首を横に振ってみせた。「探偵失格だよ。すっかりだまされてた。気づいたのは祖父でね」

「わたしがここでどう行動するか、それを予測したのはあなたでしょう」

「看護師をしていたんだから、人工呼吸器をどう扱えば致命的か、あるていど知ってるだろうとは思った」レイはため息まじりにいった。「榎根の銃撃が命を奪えなかったのは誤算だったな。救急車をまつあいだに葛藤《かっとう》が生じただろう。傷口の圧迫を緩めて出血多量で死なせる手もあったが、もし旦那《だんな》が痙攣や引きつけを起こしたら、モーションセンサー付きカメラが作動しちまう。それを恐れて、あなたは身動きできなかった。あるいはいざ旦那を手にかけるとなると、さすがに良心が咎《とが》めたか」

「そうでもありません。病院へ行けばなんとかなると思ってました」

「酷《ひど》いな。まさか夫のDV被害に苦しんでたからというんじゃないだろうな。ふだん髪に隠れるこめかみに、いずれ治りそうな内出血の傷を負うだけなんて、考えてみりゃ都合がよすぎる。バットに血痕《けっこん》や毛髪を絡めたのもやりすぎだ。そこまで強い殴打じゃなかった」

キヨミが失意の表情とともにいった。「夫との結婚生活を望まなかったのは本当です」

「だろうな。夫と死別する前提で結婚したんだから」

榎根はただの元同級生ではない。キヨミは榎根と長くつきあっていた。いずれ一緒になるつもりだった。しかし親の借金がかさみ、キヨミの実家は貧しかった。将来的に相続放棄を選べば、借金を受け継がずにすむが、それ以前にふたりの結婚資金すら捻出《ねんしゅつ》できなかった。

そんな折、勤め先の病院で金持ちと知り合いになった。タツヒコがキヨミに贈った高価なプレゼントを、キヨミの母親が質屋に売っても、なお借金は残っていた。

レイはキヨミを見つめた。「ききたいんだけどね。タツヒコ氏があなたに惚《ほ》れ、仲を深めようとしたのか。それともあなたのほうから誘惑したか」

「西洋の男性は日本に来るとき、噂にきく従順な日本人女性とのアバンチュールを期待してる。タツヒコもそうだった」

「みんながそうとは限らないだろ。でも実際タツヒコ氏はあなたにぞっこんになった」

「一方的に告白してきて、結婚を強要してきたのは事実です。正直、迷惑でした」

「結婚したうえで夫が死ねば、遺産は配偶者が優先的に相続する。うまくすればベストセラー作品の印税や権利料も得られる」

「この夫がそんなに資産を持ってたと思いますか。高額なローンの支払いに追われてたのに」

「いまさら煙《けむ》に巻こうとするのはよくない。日焼け止めが買えないとかいって、内情の苦しさをほのめかしてたが、作家ジョージ・シップトンが高収入なのは調べればすぐわかる。それともあれは、夫があなたに生活費を与えてくれないと示唆したかったのか。いずれにしても大嘘だな」

「わたしが恐ろしい考えにとらわれていたのなら、探偵さんのもとを訪ねる理由がありますか」

「あなたは榎根との関係を、旦那になにひとつ明かしていなかった。なのに俺たちの前では、旦那がすべて承知のうえで榎根をストーカー呼ばわりし、追い払いたがっているると主張した。事実は逆だ」

キヨミの元同級生が一方的につきまとっている、タツヒコはそう信じ、警察に相談した。けれども警察はろくに取りあわなかった。そこでキヨミは探偵に依頼せねばと思った。グアムでは探偵も警察同様、法廷での証言に重きを置かれるからだ。

元同級生と恋仲だったにもかかわらず、夫により破局させられた。半ば強制的に結婚させられたうえ、DV被害に遭っている。すべてを事実認定させるため、キヨミは裁判における探偵の証言を必要とした。

タツヒコが絶えずキヨミの行動を気にかけ、外出時に見張っていたのも当然だった。むやみに探偵を頼りたがる理由がわからず、腑《ふ》に落ちない気分だったのだろう。

心電図の電子音が静寂にこだまする。キヨミの顔がわずかにあがった。「防犯カメラの映像を、よくご覧になりましたか。夫は無抵抗な榎根君に襲いかかったんですよ」

「とんでもない」レイは吐き捨てた。「彼の拳銃《けんじゅう》を持ちだしたのはあなただ。それを榎根に渡しただろう。榎根はあなたに銃を突きつけた。なにも知らないタツヒコ氏は慄然《りつぜん》とし、手近にあったバットを握った。榎根はあなたを連れガレージへと逃げた。モーションセンサー付きカメラに記録させるためだ。あなたは画面の外にいた。榎根の左側、銃口の向いた先にあなたが立ってたんだ。タツヒコ氏はあなたを救おうとして榎根に殴りかかった」

「わたしは制止を呼びかけたのよ」

「やめてと叫んだことか？いまにも榎根に撃たれかねない恐怖から叫んだ、タツヒコ氏はそう解釈しただろうな。防犯カメラの音声はステレオじゃなくモノラルだから、声の方向はわからない。あなたは画面の外をまわりこみ、右側からタツヒコ氏に駆け寄った。さも夫の身を案じ、応急措置を施す気があるかのように。まんまと榎根の正当防衛を映像記録に残した」

「その結果、榎根君は逃走犯になったじゃないですか。たぶん指名手配もされるでしょう。なのにわたしとグルだといいたいんですか」

「すべてはタツヒコ氏が死ぬ前提だった。あなたはバリガダハイツの自宅も含め、莫大な遺産を相続する。榎根は出頭しても、情状酌量により執行猶予がつく公算が高い。その後、晴れてきみと結ばれる」

「刑務所に入らなくても、榎根君は前科者になるでしょ」

「十九歳のころの傷害事件で、とっくに前科者だ。親からも縁を切られてた。榎根にとって唯一の心の支えがあなただった。人生を投げ打ってでも、あなたを恵まれない暮らしから救い、ともに将来を築こうとした」

用意周到な計画だ。榎根が射撃場に通っていた時点で疑いを持つべきだった。食費を切り詰めていたはずの榎根が、高い命中率を誇れるほど射撃の腕を磨いた。趣味への浪費にしては不自然だ。いま思えば、アウトリガー・ホテルでキングサイズのベッドルームに泊まっていたのも、キヨミをたびたびあの部屋に迎えたからだろう。

ふいにキヨミが視線を向けてきた。潤みがちな目であっても、醒《さ》めたまなざしに変異している。「取引しない？」

「報酬を増やすから見逃せって？　お断わりだな」

「自分で思ってるほど優秀じゃないかもよ」キヨミは棘《とげ》のある口調になった。「榎根君が前もってつなぎ姿で住宅街をうろついたのは、タツヒコからストーカーと見なされるためだけではないの。近隣住民に馴染みの労働者と印象づけるためでもあった」

「だろうな。いずれつなぎ姿の榎根がバリガダハイツに帰ったとしても、誰ひとり不審に思わない」

「ほっとけば榎根君がつなぎ姿で、いずれ家に戻ってきたでしょうね。なのにこれで捕まえるチャンスを失った」

「ああ。たしかに居どころは突きとめにくくなったな。だがグアムのどこかだ」

「探すのは大変かも」

「人探しは探偵の仕事だ。たとえ目先の手がかりを失おうとも、殺人を見過ごせるはずがない」レイは語気を強めた。「あなたはどうなんだ。罪もない人間を巻きこんで、命と財産を奪ったとして、ずっと平気でいられたのか」

「この人は儲《もう》かってたんだし、もう一生ぶんいい思いはしたでしょ。わたしにはそのかけらもなかった」ふとキヨミの顔をなんらかの感情がよぎった。「どれぐらいの強さで殴ったら、どれだけの内出血になるか、まったく知らずにこの傷を作れたと思う?」

レイは黙りこんだ。深く考えるまでもない。静かに切りだした。「DVの被害者だったのは事実なわけか。おおかた加害者は、借金まみれの父親といいたいんだな」

「そう」キヨミの目にうっすらと涙が滲《にじ》みだした。さっきまでの涙とは、まるで趣きを異にしていた。「いつも暴力を振るってきた。母も父の肩を持った。榎根君は唯一の理解者だった。なのに父母は榎根君との仲も否定した。貧乏人と結婚してどうするって、そればっかり」

榎根のことを理解者といった。恋人や将来の伴侶ではなく理解者。その物言いには自分本位な響きが籠《こ》もって感じられる。榎根は相思相愛と信じていたかもしれないが、事実はちがう。キヨミは無自覚に榎根を利用していた。愛情に裏打ちされていない感情のもとに。

「よせよ」レイはつぶやいた。「目の前に横たわってる男を見ろ。結婚相手だぞ。父親より酷いことをしてるって自覚できないか」

「あなたは親に恵まれてる。わかるわけない。わたしはあの父の血を継いでる」

レイは胸のうちに潜む思いを言葉にするしかなかった。「親の悪い面までも生き写しでたまるかよ。自分は自分だ。ほかの誰にも変わることはできない。道を踏み外せば自分の責任だ」

7

タグアン岬に面したオンワード・マンギラオ・ゴルフクラブの近く、未舗装の道沿いにココナッツ屋台が連なる。ほかの地域の屋台村とちがい独特の風情があった。チャモロビレッジのナイトマーケットあたりを仕切る大手とは異なり、ミクロネシア連邦からの貧しい移民のため、教会が主導して商売の機会を与えている。観光客を奪いあう地元産業の縄張り争いからは、遠く蚊帳《かや》の外に置かれているものの、それだけ自由な空気に満ちていた。

パナマハットに開襟シャツ姿のゲンゾーが、その片隅にたたずみ、屋台村を眺め渡している。やがてそのうちの一軒に目をつけたらしい、のんびりした足取りで近づいていく。

少し離れた場所に立っているレイにとっては、祖父の身の安全が気がかりだった。ただちに駆け寄りたい衝動に駆られる。だが隣りのデニスが引き留めた。待機だ、デニスの目がそううったえている。

バリガダハイツの惨劇からひと月が過ぎた。逃走犯の潜伏しそうな場所を求め、島じゅうをしらみつぶしにあたってきた。残された場所はごく少ない。ここもそのうちのひとつだった。三人で繰りだしてきたが、ゲンゾーがまかせろといって、率先して行動を開始していた。

屋台の前に置かれた椅子に、ゲンゾーが腰かけた。接客する露天商の姿は、ここからでは見えない。だが会話はきこえてくる。ゲンゾーのシャツにはマイクが仕込んであった。イヤホンの音声に、レイは耳を傾けた。

ゲンゾーが日本語でいった。「ひとつもらおうかな」

露天商は返事をしなかった。価格はメニューを指し示したらしい、ゲンゾーがうなずいて一ドル札を三枚、数えながら渡す。

やがて硬い物を刃物でさばく音がした。露天商の手もとだけが見える。ココナッツを割り、ボウル状にして差しだした。ゲンゾーがそれを両手で受けとり、中身の汁をすすった。飲み干したのち、殻を露天商にかえす。すると露天商の手が、それをわきのゴミ箱に放りこんだ。

ふたたびゲンゾーが露天商に話しかけた。「おまえさん日本人だよな？　ここで働くからには訳ありだろう」

戸惑いを感じさせる間があった。ほどなく若い男の声がぼそぼそと応じた。「留学生ですので」

「ほう。留学中か。しかしそれなら、タモンのほうにいくらでもバイトの口がありそうだがな。ここの屋台で働いてるってことは、食うに食えず教会に転がりこんだ者のはずだが、おまえさんはそれですらない」

「どういう意味ですか」

「教会を通さず、ここの露天商に頼みこみ、仕事を代わってもらっとるんだろ。謝礼に売り上げの一部だけ受けとる約束でな。ものぐさな連中にとっては、どこか涼しい場所で休める時間ができてありがたい。おまえさんも身元を明かさずに日銭を得られる」

「冗談でしょう」また刃物でココナッツを削る音がした。「なんでそう思うんですか」

「あっちでしばらく眺めとったんだが、おまえさんひとりだけ浮いとるんだよ。教会から商売のやり方を教わったとは思えん」

「やり方?」

「ああ。グアムではな、露天商はココナッツの果肉を削《そ》ぎ落とし、わさび醤油《じょうゆ》添えの刺身にする。これが絶品でな、イカかホタテに似てるようで、どこかちがう食感だ。汁を飲み干して殻をかえしたら、そうしてくれなきゃおかしい。なのにおまえさんはゴミ箱に放りこむばかりだ」

ふたたび沈黙があった。露天商が唸《うな》るようにいった。「忘れてただけですよ」

「ほう、そうか。ならひとつ作ってくれんか。知ってたかどうか、包丁さばきでわかるはずだな」

ため息がきこえた。露天商がつぶやいた。「お客さん。刃物持ってる男の前で、危険を感じませんか」

デニスが表情を険しくした。レイもとっさに身体が反応しかけた。

だがすぐにゲンゾーの声がきこえてきた。「危険などちっとも感じんよ。あれからひと月、ここへも警察が何度もきてるはずだな。おまえさんの素性がばれなかったのは、露天商になりきれてたからではない。逃亡犯の面影が消え失《う》せるぐらい、内面に変化があったからだ。食うのに困って、ここで日銭を稼ぐうち、少しずつ自分のしたことの罪深さが身に染みてきたんだろ」

露天商は覇気のない声で応じた。「かもしれません」

「どこかほっとしとるんじゃないのか」

「そうですね」

事実上、罪を認めるひとことだった。ゲンゾーの皺《しわ》だらけの顔が和らいだのを、レイは見てとった。もっとも初対面の人間からすれば、依然としてしかめっ面に思えるだろう。

「どれ」ゲンゾーが身を乗りだした。「俺が刺身を作ってやろう」

躊躇《ちゅうちょ》を感じさせる間はごくわずかだった。刃物がゲンゾーに引き渡された。ゲンゾーがココナッツの切り身を刻みだした。

もう憂慮すべき状況ではなくなった。レイはデニスと揃って歩きだした。

屋台にゆっくりと近づいていく。露天商が立ち尽くしていた。その顔を眺める。一見、別人に感じられた。榎根祥也とはわからなかった。日焼けをより濃くしているばかりではない、げっそりと痩《や》せ細っている。髭《ひげ》も伸び放題だった。ランニングシャツもぼろぼろで薄汚かった。逃亡生活のなれの果てか。ゲンゾーが指摘したとおり、犯罪者らしい緊張感は皆無だった。ただ疲れきった目が、ぼんやりとデニスに向けられ、次いでレイを見つめてきた。

以前に会ったことのある探偵ふたりを、榎根は記憶していたらしい。わずかに頭を下げた。反応はそれだけだった。

ゲンゾーが薄く切った刺身を小皿に載せた。醬油をかけ、榎根に差しだした。「できたぞ。食え」

しばらくのあいだ、榎根は無言で刺身を眺めていた。やがて爪楊枝《つまようじ》を手にとり、刺身に突き立てた。それをゆっくりと口に運ぶ。

「どうだ」ゲンゾーがきいた。「うまいか」

「はい」榎根はゆっくりと嚙《か》みしめるように刺身を頰張った。虚《うつ》ろな目がわずかに潤みだしている。「知りませんでした。こんなにうまいとは」

「だろうな」ゲンゾーがため息をつき、満足げにつぶやいた。「おまえさんはまだ若い。知らんことはたくさんある。これをうまいという奴に、心底悪い輩《やから》はおらん」

8

季節は秋口に差しかかっても、グアムの気温はいっこうに変わらない。せいぜいスコールの頻度がいくらか減少したぐらいだ。潤いを帯びた熱帯植物は陽光と青空に映える。年を通じて吹きつづける東寄りの風が、椰子《やし》の木々をいっせいにざわつかせる。

レイはデニスやゲンゾーとともに、メモリアル病院の広々とした庭を訪ねていた。入院患者らがそこかしこで芝生の上を散策する。タツヒコ・ミドルトンも、車椅子で外にでられるまでに回復していた。レイは車椅子を押しながらゆっくりと歩いた。

病院食のせいだろう、タツヒコもすっかり痩せた身体つきになっていた。ただし顔いろは悪くない。パジャマ姿で空を見上げるさまは、爽《さわ》やかな朝の寝起きのようだった。

もっとも表情は複雑で、さまざまな感情のいろがないまぜになっていた。タツヒコがつぶやいた。「身体が治ってきても、心のほうはあいかわらずだ。なにかが抜け落ちたままになってる。いっこうに満たされない」

デニスが歩調を合わせながらいった。「時間が解決しますよ。いまはリハビリに向けて元気に過ごすことです」

「じきに仕事だ」タツヒコはぼんやりとした目をしていた。「なにも書く気が起きんな。事実は小説より奇なりとは、まさにこのことだ。作り話などまるで意味を持たないと思い知った」

ゲンゾーがタツヒコを見下ろした。「これを機に、より奥深い話を執筆なさるといい。約束どおり、警察や探偵の事情について助言を差しあげますよ。前よりいいものが書けるでしょう」

タツヒコが苦笑した。「ありがとう。私しだいですね」

「そう心配なさるな。デニスもむかし小説家か探偵のどっちかになりたいといったが、あなたはずっと才能がある」

「親父」デニスが咎《とが》めるような目をゲンゾーに向けた。

レイは思わず笑った。「初耳だな」

デニスがレイに告げてきた。「高校時代の話だ。親父は俺をテストした。尾行や捜索の能力をな。その結果、将来は探偵に向いてると判断し、ひとまず警官になるよう勧めたんだ」

「ちがう」ゲンゾーが否定した。「探偵の能力なんか確かめとらん。おまえの小説を読んだ。それだけだ」

一瞬の沈黙があった。レイは言葉の意味を理解し、笑い声をあげた。タツヒコとゲンゾーも同様だった。デニスがひとり苛立《いらだ》たしげに顔面を紅潮させている。

ゲンゾーが火に油を注ぐ物言いをした。「探偵になったのも、警察をクビになったからだろうが」

「親父」デニスが睨《にら》みつけた。「惜しいことをした。ココナッツ屋台で刺されてりゃな」

タツヒコが笑ったことに、レイは内心ほっとしていた。キヨミという名を、タツヒコはずっと口にしていない。すでに事情を知り、とてつもない衝撃を受けた以上、探偵に問いただす気にもなれない。そんな心境だろう。

榎根祥也と宮沢清美はすでに起訴されている。傷が治ってからもグアムに住むつもりだ、タツヒコはそう告げていた。忌まわしい記憶に勝る、この島ならではのおおらかな暮らしぶりが気にいったという。アメリカ本土の都会育ちの身には、そう思えるよさがあるのだろうか。

看護師が歩み寄ってきた。「ミドルトンさん。部屋に戻る時間ですよ」

タツヒコは顔をしかめた。「服役囚はおこないさえよければ解放されるのに」

ゲンゾーがため息まじりにいった。「夫はおこないがよくても解放されんよ。その点、あなたは離婚が成立して幸運だった」

冗談めかした物言いにすぎなかったが、いくらか救われた気がしたらしい。タツヒコは穏やかな表情になった。「感謝します。あなたがたのおかげで救われた」

「またいつでもどうぞ」ゲンゾーが手を差し伸べた。「それが仕事なんでな」

三人と握手をしたのち、タツヒコは看護師に車椅子を押され、病棟のエントランスへと去っていった。

レイは歩きだした。「行くか」

デニスも進もうとしながら、ふとなにか思いついたようにゲンゾーを見つめた。

「親父。まだ教えてくれてないことがあるな。いつキヨミが怪しいと気づいた?」

「あー」レイもうなずいてみせた。「俺もそれをききたかった」

ゲンゾーは歩きながら鼻を鳴らした。「屋敷の庭でストレッチャーに横たわって、さめざめと泣いとるときだ。ありゃ悲しみの涙ではない。旦那《だんな》が助かるかもしれんと知り、悔し涙を流しとったんだ」

「涙のちがいを見分けたって?」

「悔し涙はナトリウムや塩素など電解質の量が増え、塩辛くなっとる」

「じっちゃん。まさかなめたのかよ」

「たわけ。カリウムやナトリウムを多く含む悲しみの涙より、悔し涙は粘り気がある。涙の量も少なくなる。だから見りゃわかる」

「老眼なのに?」

「おまえらの目は節穴か。探偵が女の涙にだまされとりゃ世話ない」

なんとも腑《ふ》に落ちない説明だった。レイはデニスを眺めた。デニスも眉《まゆ》をひそめ見かえした。

「親父」デニスがじれったそうにいった。「勘だけが頼りだったってのか」

「いいや。おまえらからすれば勘に思えるかもしれんが、俺にとっては長年培ってきた観察眼だ。これればかりは経験を積み重ねんとわからん。キヨミが初めて事務所に来たときから、どこか怪しいと睨んどった。なにせ言いぐさがケイコそっくりだ」

デニスが目をいからせた。「嫁の悪口をいわんでくれ。それにケイコは嘘つきじゃないぞ」

「おまえがそう思っとるだけかもしれん」

「じっちゃん」レイは笑いかけた。「名探偵でよかった。スマホの推理ゲームが行き詰まっちまってね、意見をききたい」

「帰ったら見せてみろ」ゲンゾーが応じた。「五秒で解いてやる」

第三話　グアムに蟬はいない

1

グアムに生まれ育つと、島の自然のよさがわからなくなる、まことしやかにそうささやかれる。自分には当てはまらないとレイ・ヒガシヤマは思った。

朝の出勤前にはマリン・コー・ドライブを飛ばし、ハガニアボートベイスンでサーフィンを楽しんだりもする。波が上級者向けのせいだろう、わりとすいているうえ、周りは地元民の顔見知りばかりで気が楽だった。子供のころはシュノーケルにも興じた。最近ではカララン・バンクスまでダイビングに繰りだしたりもする。

日本人観光客がグアムに魅せられる理由もよくわかる。近いだけでなく、外国に求めるものがほどよく配置された島だ。アメリカの準州だから街並みも洒落《しゃれ》ているし、田舎ゆえのんびりしている。日系人が多く働いているため、会話にも不自由しない。万が一トラブルに見舞われたとしても、言葉の通じる業者を頼ればいい。グアムで探偵を務めるレイもそのひとりに数えられる。

ただし仕事の半分は、地元民からの依頼だった。日本語を話せる強みも必要とされなければ、たいてい探偵が請け負う仕事ですらない。きょうかかってきた電話も、そんなケースに当てはまる。

爽《さわ》やかな晴れの日の午前、ハガニアボートベイスンへ向かう道ながら、サリーン・マスタング・ロードスターのステアリングが重く感じられる。濃いサングラスを透過し、なおも目に飛びこんでくる強烈な陽光が恨めしい。

チャモロビレッジの裏、パセオ球場のわきにクルマを停めた。いちおうナイター用の照明設備とスタンドを備えた球場だが、草が伸び放題で廃れている。だいぶ前にAKB48がミュージックビデオの撮影に使ったものの、ロケにはまったく支障がなかったにちがいない。そう確信できるぐらい周りは閑散としていた。

この一帯はパセオ公園の敷地内で、小さな人工の半島に位置する。椰子《やし》の木のほか熱帯林も美しく、岬の先端にはちっぽけな自由の女神像も建つが、訪れる観光客はごく少ない。付近のチャモロビレッジ自体、ナイトマーケット開催の夜はともかく、日中はほとんどただの空き地だった。常設の売店がいくつか軒を連ねるにすぎない。それも一部の店は、昼食から戻る時刻を看板に表示しておきながら、そのまま夕方を迎えるいい加減さだ。物珍しさに足を運んだ人々も、たいてい一巡してさっさと立ち去ってしまう。

レイはクルマを降り、芝生のなかに延びる小道を歩いていった。妙なことに、コンコン……と絶え間なく機械的な音が響いてくる。静寂のなかだけに、微音ではあってもはっきり耳に届く。

芝の上にプロアと呼ばれるアウトリガー・カヌーが並んでいる。塗装や修理のためだった。ここハガニアボートベイスンは、休日を迎えるとマリンスポーツの拠点になる。

サングラスをかけた小太りのチャモロ人男性が、レイを振りかえると立ちあがった。

「あれ？　見た顔だな。いつもサーフィンにきてる……」

「そう。レイ・ヒガシヤマ」

「イーストマウンテン・リサーチ社の人？」

「じつはそうなんだよ。ご連絡どうも」

「よかった」チャモロ人の浅黒い顔に白い歯がのぞいた。まちかねたというように駆け寄ってくる。「マイスだ、ここで働いてる。ボートをいじるのが仕事でね」

「よろしく」レイはマイスと握手を交わした。

「何日も前から、あちこちに電話したよ。警察は相手にしてくれないし、公園の管理事務所も知らんぷり、探偵事務所も三軒あたったが返事の電話もよこさない。でもあんたはこうしてきてくれた」

グアムの島民どうしに、他人行儀な態度はありえない。すぐに打ち解け、くだけた喋《しゃべ》り方になる。レイも軽い口調で応じた。「役に立てるかどうか。騒音問題への苦情なんて、本来は受けつけてないんでね」

「兄弟」マイスが不服そうにいった。「お互い島暮らしの仲間じゃないか」

「オーケー、わかった」レイはため息まじりにたずねた。「で現場は？」

「ここだよ。きこえるだろ」

「騒音が？」

「ああ」

レイは耳を澄ました。面食らいながらマイスを見つめた。「まさかこの、コンコンコンって音か？」

「そうだよ。三日も前から鳴り響いてる。日中ずっとだ。気になって夜中にも来てみたら、まだきこえてね。ひと晩じゅうつづいてるらしい」

ここ一週間ほどは早朝のサーフィンもご無沙汰《ぶさた》だった。たしかに以前こんな音はなかったが、騒音と呼ぶには大げさすぎる。レイはサングラスの眉間《みけん》を指で押さえた。

「ハガニアボートベイスンに造船用の機械でも持ちこまれたかな、誰もがそう思うだろうね」

「とんでもない。うちはぜんぶ手作業だ。このいらいらする音をうちのせいにされたんじゃかなわん」

「いらいらする？　ここは半島の先だし、民家もない。そんなに大きな音でもないし」

「静けさが取り柄のパセオ公園だぞ。ボートにいろを塗りながら、微風に揺れる椰子の木のざわめきに酔う、それが俺の日常だった。ところがどうだ。へんなノイズがいっこうにやまず、絶えず神経を逆なでしてくる」

　いささか過剰反応にも思えるが、たしかに無音の静寂は破られている。マイスにとっては、許しがたい環境破壊に思えるのだろう。レイは歩きだした。「この音はどこから？」

「すぐそこの入り江だ。韓国人の若い連中が、大学の実験だといってつづけてる。文句をいっても、まるできいちゃくれない」

　一帯を覆う果樹を抜けていくと、穏やかな水辺にでる。入り江は対岸が見えているせいもあり、幅の広い運河のようだった。

　透き通るような海面に、一隻のボートが浮かんでいる。岸から六十フィートほどの距離だった。杭《くい》にロープで係留されている。ボートに人の姿はないが、詰め物をして上げ底にしてあるらしく、かぶせてあるビニール袋がわずかに盛りあがっている。その頂点に、回転する円盤を備えたエンジンらしき機械と、燃料タンクとおぼしき鉄製の缶が据えてあった。

手前の岸には若者らが六人ほど群れている。男が四人、女がふたり。グアムには韓国人の観光客も多く訪れるが、ここにいる男女たちは髪を染めず、服装もいたって地味だった。いかにも大学生らしいルックスといえる。

キャンプ用のテーブルや椅子だけなら遊びに見える。だが数式をびっしり書き綴《つづ》ったノートのほか、パソコンや電卓、記録用とおぼしきデジカメまでが並んでいた。空《から》のスーツカバーが、ファスナーを開けた状態であちこちに投げだしてある。誰もスーツを着ていないことから、道具の運搬用と推察される。節約のため、ありあわせの物を利用しているようだ。

眼鏡をかけた青年がきいてきた。「あのう。なんでしょうか」

英語だった。マイスが若者たちに声を張った。「こちらはイーストマウンテン・リサーチ社のレイ・ヒガシヤマさんだ。いろいろ調査する会社の人だぞ」

マイスは権威性を誇示したがっているようだが、さほど有名な探偵事務所でもない。若者たちが知らなくて当然だろう。現に全員がぽかんとした反応をしめしている。

やれやれと思いながらレイは若者らを眺め渡した。「なにをやってるところか、説明してもらってもいいかな」

「イ・ハジンといいます」眼鏡の男が応じた。「僕らはグアム大学自然科学学部の学生です。海水中の音速が環境によりどう変化するか、データをとっているところで」

「海のなかの音を拾ってるのか？」

ハジンがうなずいて、仲間らに目を向けた。男女の学生がひとりずつ行動した。岸から水中に垂らしてあった配線のうち一本を引き揚げる。防水仕様らしきマイクがぶら下がっていた。

「ふうん」レイはボートを眺めた。「あのエンジンはボートの上に置いてあるだけだな。動力源にもなってない」

「ええ」ハジンがいった。「どこにも接続せず、ただ稼働させているだけです。もともと小型船舶の航行音を記録した水中録音が、水圧や温度、塩分濃度により、どう変化するかを分析しています。速度と位置を割りだせるか、その実験なんです。当該の小型船舶と同じエンジンを用意しました」

「というと、海中の音感センサーの開発かな」

三つ編みの女子学生が笑顔になった。「鋭いですね。お察しのとおり、船のデータを音で網羅する仕組みの考察です」

ハジンが紹介した。「彼女は同じクラスのチョ・ヒジュンです。デル・グロッソとユネスコの計算式、どちらも暗算が得意です」

マイスは苛立《いらだ》たしげに口をはさんだ。「小難しい話はそれぐらいにしてくれ。とにかくうるさくて仕事が手につかん。即刻やめてもらおう」

レイは思わず唸《うな》った。「マイス。こりゃグアム大学に助成金がでてる重要な研究だよ。新聞で読んだ。ウナギの稚魚シラスや、サンゴの密漁被害に遭ってる準州政府が、最優先に解決すべき課題としてる」

「だからといって断わりもなく、ずっとこの忌々しいノイズを発しつづけてだな……」

ヒジュンが困惑ぎみにいった。「公園の管理事務所には許可をとってますけど」

沈黙がおりてきた。ボートからエンジンの音だけがリズミカルに響いてくる。マイスはばつの悪そうな顔になった。

その反応で状況を察した。レイはマイスを見つめた。「管理事務所は知らんぷり、あんたはそういったよな」

「抗議を無視されたのは本当だよ」

「でも大学の研究に許可してるって説明は受けたんだろ？」

「たしかに説明は受けた。だが納得いかないから探偵に相談したんじゃないか」

またため息が漏れる。レイはハジンに向き直った。「音圧や周波数について、具体的に協議した？」

「もちろんです」ハジンがうなずいた。「岸に届く音を五十デシベル以下に抑えるよういわれてます。ずっと守ってます」

そうだろう。たしかに音の大きさはそれぐらいだ。レイはつぶやいた。「マイス。五十デシベルはエアコンの室外機や、換気扇と同程度だ。洗濯機や掃除機にもおよばない」

「まさか」マイスが憤慨した。「この音が？　もっとうるさいだろ」

「静かだからそう思えるんだって」

「その静寂がだいじだといってるんだよ！」

「しーっ。声が大きい」

「チャモロ人を馬鹿にするのか。数千年前にプロアを漕《こ》いで島にたどり着いた先住民だぞ。ここはハガニアボートベイスン。プロアの聖地だ」

「人工の半島だよ」レイはうんざりしながらこぼした。「戦後ハガニアに山積みになってた瓦礫《がれき》で埋め立てた。すぐそこの岸辺に戦跡のトーチカがあるだろ。あのあたりから先は、むかし海だった」

「兄弟。歴史の講釈を受けるために呼んだんじゃないんだ。それとも古代の遺跡ラッテストーンの謎でも解き明かしてくれるのか？」

「ラッテストーンはたんなる高床式住居の土台だろ。謎でもなんでもない。カルチャー・アンド・エコパークにも模型が組んであるじゃないか」

マイスは顔面を紅潮させた。「ネットを見たら、あんたの事務所は弱者の味方だと書いてあったぞ。なのにからかうだけか」

「わかったよ、マイス」レイは苦笑しながらハジンに目を戻した。「きいたとおりだ。基準値以下のノイズだとしても、近隣で働く人には気になるみたいでね。とはいえ許可が下りているんだから、つづけるかどうかはきみたちしだいだ」

ハジンはほかの学生らと戸惑い顔を見合わせたが、やがて告げてきた。「おっしゃることはわかります。でもデータ収集は、四日目のきょう海面が冷えるまで継続しないと意味をなさないんです。今夜の八時ぐらいまではお赦し願えませんか」

レイはマイスにきいた。「どう？」

「じゃ八時までなら」マイスはあわてたように付け加えた。「ちゃんと音がやむか、一緒に確認してほしいんだがね、兄弟。こっちは報酬を払うんだから、それぐらい頼めるだろ」

ようやく丸くおさまりそうだ。レイは内心ほっとしながら応じた。「わかった。じゃ夜八時にここで」

2

レイはひとりクルマに戻った。いちおう公園の管理事務所とグアム大学に電話してみる。すべて学生の説明どおりで問題ないと確認できた。あとは夜八時に音さえやんでくれれば、仕事も無事完了となる。たぶん心配ないだろう。

エンジンをかけようとしたとき、スマホが鳴った。レイは応答した。「はい」

父デニスの声がたずねてきた。「終わったか?」

「トラブル仲裁はほかの職員に行かせてよ。ヒックかオークスあたりが得意そうだろ」

「どっちも別の仕事がある」

「油を売ってるのはじっちゃんぐらいか?」

「親父はお袋とデートだ。アサンへ行ってる。結婚記念日だ」

「ああ。プレゼント買わなきゃな」

「孫のおまえが成長し、きちんと仕事をこなすぐらい立派になったと実感できれば、それがなによりのプレゼントだと親父はいってる」

「わかったわかった。両方やるよ。きょうの仕事もきちんと終えるし、プレゼントも買う。たまにはじっちゃんも喜ばせたいし」

「いい心がけだ。そっちが済んだのならアンダーソン空軍基地へ向かってくれ」

「空軍基地？　どうして？」

「ナイジェル・マクミラン大尉っての、おまえの知り合いか？」

すぐ頭に浮かぶ光景があった。基地に近いスターツ・ホテルのラウンジ、あれは一週間ほど前だったか。

レイがホテルに張りこんでいたのは、とある日本人旅行者の浮気調査のためだった。イーストマウンテン・リサーチ社から監視の交替要員がきたころには、すっかり夜も更けていた。なにか食べようと、レイはひとりラウンジに入った。あいにくディナータイムは終わり、酒のほかには軽食しかなかった。クルマできているため飲酒はできず、ソーダ水を注文したうえで、クラブサンドイッチをつまんだ。

近くのテーブルにいた神経質そうな男が、レイに話しかけてきた。白人で年齢は二十代後半、髭《ひげ》はない。私服姿だったが、短く刈りこんだブロンドの髪は、空軍基地内の理髪店に特有の仕上がりと見た。ひとりでリゾートホテルのラウンジを利用するからには、相応の役職にちがいない。ほどなくナイジェル・マクミランという名の空軍大尉だと判明した。彼自身がそう名乗ったからだ。

もっともそのときの彼の振る舞いは、立派な軍人と呼ぶにはまるで値しなかった。ブランデーをロックで次々と呷《あお》り、すっかり酔っ払いの域に達したらしい。赤ら顔で、呂律《ろれつ》がまわっていなかった。

当然というべきか、発言も支離滅裂だった。まず尉官が不用意に素性を明かすこと自体が軽率に思えた。さらに彼は、海兵隊を沖縄からグアムへ移すのはまちがいだと、国家の方針を否定しだした。グアム最北端のリティディアンに、射撃訓練場の建設が予定されている件についても、自然を破壊すると批判した。アジアの平和のため、米軍はグアムから撤退すべきだ、ついにそう断言した。

平和主義者かと思いきや、そうでもないようだった。B1爆撃機により中国の制空権を脅かせば、米中の関税をめぐる貿易摩擦も決着する、そんな無茶な意見を口にした。近々開催される中間選挙で、グアム市民はトランプ大統領に投票すべきともいった。島民はアメリカ国籍だが投票権は与えられていない。当然知っているはずだ。

レイはスマホを通じ、デニスにいきさつを説明した。「彼は酔いつぶれてたし、ラウンジも閉まっちまったから、連れだすしかなかったよ。初対面で親しくもないのに、空軍基地までクルマで連れていった」

デニスの声がきいた。「なかに入ったのか」

「入るかよ。スターサンドビーチまで基地内を突っきれたのは、俺がガキのころの話だぜ？　大尉はゲートの前で降ろしたよ。警備兵が敬礼して、敷地のなかをＳＵＶ車で送っていったから、ようやく本物の軍人だと信じられた。正直あまりにもだらしなく酔っ払ってるもんだから、嘘じゃないかと疑ってた」

「そのマクミラン大尉が、おまえをご指名だ」

「指名って、なんのことだよ」

「彼の上官から空軍警察を通じて連絡があった。マクミラン大尉がこのところ職務を放棄し、宿舎の自室に立て籠《こ》もっているらしい。説得を試みているが、大尉はレイ・ヒガシヤマとしか話さない、そういってるそうだ」

「どうして俺と？」

「わからん。まさかとは思うが、おまえ……」

「そっちの意味で男と意気投合するかよ」

「おまえ、自分が探偵だと知らせたのか」

「いや。明かしたのは名前だけで、職業は伏せておいた。おかしな話だな。俺はただ彼の発言を否定せず、相槌《あいづち》を打って聞き流してただけだ」

「おまえのその素振りが、大尉には思いを同じくする仲間に思えたのかもしれん」

「迷惑な話だな」

「空軍警察はレイ・ヒガシヤマが探偵と知り、おおいに期待を寄せているようだ。うまく説得してほしいと望んでる。マクミラン大尉も、おまえなら自室に迎えるといってるらしい」

「ますます心配になってきた」

「とにかく、すぐにでも基地へ来てほしいって話だ」

探偵よりセラピストを派遣すべき状況だろう。責任を負いたくはなかったが、ふだん立ち入れない基地のなかを覗《のぞ》きたい欲求はあった。

なにしろグアムの三分の一は米軍基地だ。生まれ育った身からすれば、そんなに広い面積から締めだされるだけでも不本意に思える。たとえ探偵であっても、依頼に基づく正当性がなければ、軍事施設には足を踏みいれられない。これは絶好の機会かもしれなかった。

「行くよ」レイは通話を切り、クルマのエンジンを始動させた。

3

指定された空軍基地の入り口は、先週マクミラン大尉を送っていったのと同じゲートだった。島の北東部を走る州道1号線の分岐先に設けられている。レイが乗ってきたサリーン・マスタングは、ゲートを入ってすぐの駐車場に停めるよう指示された。そこから先は、やはりあの夜の大尉と同様、SUV車に乗せられての移動となった。

基地内居住区は広大かつ優雅で、タロヴェルデやバリガダハイツ以上に高級住宅街の風格を備えていた。大通りで子供のみが遊ぶと、グアムでは違法となるが、ここは私道のため自由のようだ。

パティ岬方面へと延びる滑走路に連なる爆撃機に、レイは強く興味を引かれた。あいにくSUV車はそちらへ向かわず、居住区に隣接するオフィスの前に停まった。

オフィス内では手早く打ち合わせが進められた。マクミラン大尉の上官、セイウチに似た口髭《くちひげ》のグレン・バルフォア少佐によれば、大尉は第36航空団のなかでも情報を統括する部署の所属らしい。よって履歴に関する書類はいっさい見せられないという。その部署は特殊な存在にあたるため、組織図には明記されておらず、氏名をネットで検索しても関連情報はでてこないとの説明だった。レイもそういう扱いの軍人が存在することを知っていた。すなわちマクミラン大尉は、高度な軍事機密に接する立場にあった。情報将校のなかでは若手にちがいないが、重要人物のひとりだろう。

垂れ目で下唇がでっぱった制服姿、空軍警察のヘクター・レンドル警部も、対応に苦慮していると告げてきた。はっきりしているのは、マクミラン大尉の精神状態が以前から不安定で、筋の通らない発言が多かったことだという。いま彼は自室のドアを固く閉ざし、引き籠もったまま、いっさいの対話を拒否している。インターホンで呼びかけたところ、いちどだけ応答し、レイ・ヒガシヤマとなら会って話すといったらしい。

アメリカ人はこうした事態に力ずくの解決策を辞さない、国際社会からはそんなふうに見なされがちだ。軍隊内でのトラブルなら、いっそう強硬な手段にうったえるだろう、おそらく誰もがそう思う。

だがそれは偏見だった。マクミラン大尉は拳銃《けんじゅう》を所持している。むやみに踏みこめば自殺を図る恐れもある。最後まで説得をあきらめない方針は、どの文明国のどんな組織だろうと同じだった。

大尉が籠城《ろうじょう》するのは居住区の一角、平屋建て長屋の棟割りで、間取りは2LDKだときいた。バルフォア少佐やレンドル警部らとともに、レイはSUV車に乗り、現場に直行した。

兵士らによる包囲がないのは、当事者を刺激しないためらしい。玄関ドアにつづく数段の外階段のわきに、警備がふたり立つにすぎなかった。

拳銃のほかスマホも車内に置いていかざるをえない。ICレコーダーやデジカメなど記録可能な媒体も、すべて持ちこみを禁じられた。マクミラン大尉がそのように要求しているからだ。

レンドル警部がいった。いまにも自殺しそうな人物の説得は、割れる寸前にまで膨れあがった風船をあつかうのに似ている。針を所持するなどもってのほか、爪が伸びているのも許されない。終始デリケートな対応が望まれる。

マクミラン大尉に対しては、とりあえず外にでるよう説得する、それだけがレイに課せられた任務だった。なぜ引き籠もっているか、どうして職務を拒否しているかの理由については、問いただす必要はないという。

健闘を祈るよ、レンドル警部のひとことで、レイは宿舎の前に降ろされた。SUV車はゆっくり走りだし、空軍警察の車両数台とともに、遠巻きに見守るように待機した。

レイはため息をつくと、ふたりの兵士が警備する階段を上り、玄関ドアのノブを握った。鍵《かぎ》がかかっていた。わきにインターホンがある。ボタンを押した。

くぐもった男の声が応じた。「はい」

「ひさしぶり。レイ・ヒガシヤマだ」

無言のまま解錠の音だけが響いた。部屋の奥からのリモート操作らしい。レイはドアを開け、なかに入った。

間取りは事前にきかされていたとおりだったが、2LDKといっても充分なゆとりがあり、内装もブルックリン風で洒落《しゃれ》ていた。廊下の左手に洗面所とバスルーム、さらに進むと右手に寝室のドア。もうひとつ書斎があって、最後にキッチンやダイニングと隣接するリビングに行き着いた。

ブラインドが下りているせいで薄暗い。どことなく酒臭かった。目を凝らすと、かなり散らかっているのがわかる。ビールの空き缶が床を埋め尽くし、ほとんど足の踏み場もない。

咳《せき》がきこえた。奥のソファでシーツにくるまっているのは、まぎれもなく一週間ほど前にホテルのラウンジで会った、ナイジェル・マクミラン大尉その人だった。頭髪が乱れ、不精髭も伸びているものの、衰弱したようすは見てとれない。ただ不健康そうな見てくれに変わりはなかった。上半身を起こすと、パジャマにガウンを羽織っているとわかる。虚《うつ》ろなまなざしがレイに向いた。

テーブルの上も空き缶だらけだったが、インターホンのワイヤレス子機のほか、アンテナを備えた妙な機材が置いてある。レイにも見覚えがあった。探偵御用達《ごようたし》の小道具だからだ。大尉はなんのために所持しているのだろう。

レイは歩み寄ろうとした。「なぜ俺を指名したか知らないけど……」

「まった」マクミランがレイを制していった。「それ以上近づくな」

静止せざるをえない。レイは当惑を深めながらたずねた。「ここに立ったまま話せって?」

「すまないがそうしてくれ」

「わかった。どうして俺を指名したか、まずそこからきかせてくれないか」

「どうって」マクミランはぶつぶつと応じた。「そりゃ、そのう、誰となら話すのかと問われたんで……。頭に浮かんだのがその名前だった」

「なんだって? 俺が誰だか覚えてないのか」

「いや、むろん覚えてるよ。というより、いま思いだした。どこかで会ったっけな、消防署の隣りのドミノピザだっけ」

「スターツ・ホテルのラウンジだよ」

「ああ、そうそう。スターツだ。ゴルフはやらないんだが、あのラウンジの雰囲気だけは好きでね」

レイは油断なくマクミランを観察していた。シーツの下にオートマチック式の拳銃がのぞく。シグ・ザウエル社のP320だった。撃鉄がストライカー式のためハンマーがなく、コッキング済みかどうか見ただけではわからない。引き金を絞るだけで弾が発射可能な状態かもしれない。だとしたら不意を突いて飛びかかっても制圧しきれないだろう。

「なあ」マクミランがきいた。「あんた日本人か」

「日系アメリカ人だ。祖母がフランス系アメリカ人でね」

「アメリカ人か。なのに準州じゃ大統領選の投票権がないよな。おかしいと思わないか」

「たしかに不満だけど」レイは咳払いしてみせた。「あなたは以前、まるでグアム市民に投票権があるみたいな口ぶりだった」

「そうだったか？　そんな馬鹿げたことはいわないだろ」

「いや。たしかにいった」

「あんた日本へ行ったことは？」

レイはため息まじりに応じた。「あるよ。祖父の実家が奈良なので」

「ああ。奈良か。土を掘ればかならずなにかでてくるってのは本当か？」

「マクミランさん。俺の話ならきいてくれるというから来た。バルフォア少佐が心配してる。とりあえず外にでてみないか」

「遠慮する。いや、べつに少佐が嫌いってわけじゃないんだ。俺の疑問はむしろ空軍全体、というより国家のすべてに向けられていてね」

「それについても詳しく話せばいい。いまのうちなら意見に耳を傾けると、少佐も約束してくれてる」

「俺は外にでるつもりはない」

「強情を張ったところで、ここは基地のなかだ。部屋のインターネットと電話回線は切られてるし、スマホもジャミング電波で通じないだろ？　もう外部との連絡はいっさいとれない。いずれ電気や水道までとめられ、いぶりだされちまう」

「いや。少佐にそんな肝っ玉はないね。もし無理やり引きずりだそうってんなら」マクミランは拳銃を握り、銃口を自分のこめかみにあてた。「ズドンだ」

鈍重な警戒心がレイの全身を包みこんだ。マクミランは正気ではない、そう判断せざるをえなかった。緊張を募らせながらレイは問いかけた。「なにか俺にできることはないか？」

「そうだな。夜中にはビールが底を突きそうだ、それまでに補充を願いたい。クアーズとアラスカンをワンケースずつ。エールスミスのホーニー・デビルも頼む。つまみも忘れるな」

いらっとくる物言いだった。レイは抑制しながらきいた。「レトルトのチキンやハンバーグもあったほうがいいんじゃないか？　温めればいつでも食える」

「名案だ」

「食ったら外にでることも考えてくれるか？」

「考えるかどうかを考えてみてもいい」マクミランがつぶやいた。「いまいえるのはそれぐらいだな」

「基地の業者に届けさせればいいか？」

「いや。あんたが買ってきてくれ。いまからでかけて、きちんと全品を揃えてから戻ってほしいんだよ。夜九時半以降に来てくれ」

「買い物ならもっと早く済ませられるよ」

「それでも九時半すぎがいい。ふだん昼間は寝てる。引き籠《こ》もりなんでね、頭が冴《さ》えてくるのは夜から早朝にかけてだ。猫と同じ夜行性だな」マクミランは声をあげて笑った。

レイはしらけた気分でマクミランを眺めた。猫なら可愛げもあるが、この大尉には当てはまらない。

「じゃ新兵」マクミランがいった。「さっそく買いに走ってくれ。まわれ右」

半ばあきれながらも、レイは指示に従うしかなかった。もっとも頭のなかでは、対策を編みだそうと躍起になっていた。

飲食物を大量に持ちこむのなら、盗聴器や隠しカメラを仕込むことも考えられる。ただし現時点では不可能だった。

テーブルの上にあったのはワイドバンド対応の盗聴器発見機だ。無線式のあらゆるデバイスが検知されてしまう。

なぜあんな物を用意しているのか。異様な警戒心の強さだ。ただ錯乱しているだけとは思えない。

建物をでて、ＳＵＶ車のほうへ戻る。レイが近づくと車体側面のドアが開き、バルフォア少佐が制帽をかぶりながら降り立った。レンドル警部も姿を現した。

レイが話しかけようとしたとき、バルフォア少佐が片手をあげ制した。ちょっとまて、バルフォアはそういうと、部下に目配せした。兵士のひとりが金属探知機をかざし、レイの身体を検査しだした。

面食らってレイはきいた。「なんの真似ですか。持ち物はぜんぶあずけたでしょう」

レンドル警部が腕組みをした。「悪く思わんでくれ。マクミラン大尉に隠しマイクを持たされてる可能性もある」

「協力しにきたつもりなのに、もう共謀者あつかいですか」

「きみが気づかないうちに、こっそりポケットに滑りこまされたかも」

「まさか」レイは苛立《いらだ》ちを募らせた。「彼には近づいてもいませんよ。どうやって仕込まれるっていうんですか」

兵士が首を横に振り、金属探知機を遠ざけた。バルフォアとレンドルはほっとしたような顔になった。ふたりとも詫《わ》びはいっさい口にしない。

バルフォアがたずねてきた。「なにか話したか」

「ビールと食べ物を買ってくるようにいわれました。ほかにはなにも」

「対話を拒絶されていないなら幸いだ。引きつづき説得にあたってくれないか。とにかく大尉が銃を置いて部屋をでるよう、いいきかせてもらいたい」

レイのなかで不満が募った。事情がわからないまま説得するのは困難だ。レイはバルフォアにきいた。「彼が籠城《ろうじょう》を始めたきっかけはなんですか」

「知ったところで問題の解決にはならん」

「そうもいいきれないでしょう。大尉に心変わりを望むなら、原因の究明が重要になります」

「機密だ」バルフォアが冷やかに応じた。「いえん」

レンドルが割って入った。「レイ・ヒガシヤマ君。どうか納得してほしい。私ですら機密に関することは、詳しく知らされておらんのだよ。とにかくいまは、マクミラン大尉を無事に部屋から連れださねばならん。腑《ふ》に落ちないのはわかるが協力してくれないか」

4

夕方以降、レイはサリーン・マスタングを飛ばし、Kマートやペイレス、7デイとスーパーマーケットをめぐった。マクミラン大尉が希望した銘柄のビールや、レトルト食料品を買い揃える。

駐車場でクルマを発進させようとしたとき、ふと助手席に目を向けた。大量の買い物袋がシートを埋め尽くす。なにをやっているんだろうと自問したくなる。けさはトラブルの仲裁など探偵の仕事ではないと嘆いた。いまはただの使い走りだ。

日が暮れてきた。道沿いの移動販売車が目にとまった。コーヒー豆を挽いて売っている。幻の高級コーヒー、ブエナヴェントラ種のモフセン＝ムクタフィー、本日数量限定販売。立て看板にはそうあった。近づくといい香りがした。祖父はコーヒー好きだ。結婚記念日のプレゼントは、これがいいだろう。仰天するほどの値段のため、三杯ぶんの粉しか買えなかったが、レイは紙袋を内ポケットにおさめた。夜八時に近づいている。またクルマを走らせ、ハガニアボートベイスンへ向かった。

けさと同じくパセオ球場のわきに停める。今晩はナイトマーケットの開催もなく、辺り一帯は暗がりに沈んでいた。あの音もやんでいた。

駆け寄ってくる人影がある。マイスだった。レイがクルマから降り立つと、マイスは笑顔で手を握ってきた。

「兄弟」マイスがいった。「大学生たちの実験が終わった。あのボートも岸に戻ったし、エンジンも回収された」

「そうか」レイは歩きだした。「よかった。いちおう声だけはかけておこう」

岸のほうへ向かいかけたとき、学生らが機材を抱えて果樹から姿を現した。近くに停めてあるバンに積もうとしている。

イ・ハジンがレイに笑いかけた。「気をつけてください。暗くてよく見えませんが、まだ配線があちこち地面を這《は》ってます。パネルも置いてあります。踏むと割れてしまいますから」

レイは立ちどまってきいた。「データはとれた？」

「ええ、充分です。お騒がせしました」

ふと思いついたことがあった。レイはハジンにたずねた。「音波について研究してるんだろ？　盗聴器発見機にひっかからずに室内の声をきく方法はないかな」

「はて。探偵さんの仕事に必要なんですか？」

「まあそんなところだ」

「そうですね、無線電波を拾われてしまうのなら、レーザー光線を使ってはどうですか。部屋の窓に照射すれば、反射して戻ってきた光線を受光機で読みとり、振動情報から音声を分析できます」

「それなら知ってるが、できればすぐ実行したい。夜明けはまだ遠いだろ。レーザーを窓に当てたら、光に気づかれちまう」

するとと女子学生のチョ・ヒジュンが近づいてきていった。「ハジン君。マップルジャクジョンならどう？」

「ああ」ハジンがうなずいた。「それならできるかも。探偵さん、可視光線を使う以外の方法がありますよ。ただし準備が複雑なので、今夜じゅうに準備するのはとても……」

「かまわない」レイは応じた。「長期戦になるかもしれないんでね。実現できる段階になったら連絡をくれないか。依頼人から報酬がでるから、一部をお礼に払うよ」

5

空軍基地へ戻る前に、職場の事務所に立ち寄った。意外にもまだ明かりが点《つ》いていた。父デニスがひとり居残っている。

レイはデスクに近づきながらいった。「なんだよ。残業か？」

「おまえをまってたんだ」デニスがスマホを差しだしてきた。「こいつを見てみろ」

動画が映しだされている。防犯カメラの録画映像のようだ。表示された日付によれば先月半ば、時刻は午後六時すぎだった。飲食店内のテーブル席を、斜め上方からとらえている。私服姿がふたり顔を突き合わせていた。三十代の白人男性と、肥満しきった黒人が会話中だった。

黒人のほうは顔馴染《なじ》みだ。見知らぬ白人がなにやら熱っぽく語り、黒人の腕をつかんだ。だが黒人は嫌気がさしたかのように、その手を振りほどくと席を立った。白人をひとり残し、憤然と歩き去っていく。

レイはきいた。「誰？」

「デブのほうは情報屋のビリーだ。デデド周辺のきな臭い話に詳しい」

「知ってるよ。ビリーに会いに来た白人が誰なのかって話だ」

するとデニスが妙な顔になった。「きょう俺も自分なりに調べまわったんだぞ。それがナイジェル・マクミラン大尉じゃないのか」

思わず絶句した。画面を拡大したうえで丹念に観察する。大尉とは別人だ。たしかに痩《や》せた身体つきや、神経質そうな素振りは共通している。年齢も同じぐらいかもしれない。だが顔は似ても似つかなかった。この男は大尉よりも鷲鼻《わしばな》で、ぎょろりと剝《む》いた目つきがあきらかに異なる。レイはデニスにたずねた。「こいつがマクミラン大尉だと名乗った？」

「ああ。ビリーが裏稼業に精通してるときいて、接触してきたらしい。機密情報を手土産に亡命したいから、密航手段がわかるなら力を貸してくれと」

「亡命だって？　どこへ？」

「北朝鮮だ」

「なんだよそれ。グアムにミサイル攻撃を加えると脅してくる国に、偽の空軍大尉が亡命したがってるって？」

グアムは合衆国のアジア戦略における拠点だ。よって北朝鮮がミサイルの標的にしたがっている。事実、ＣＩＡが衛星写真で確認した北朝鮮の大陸間弾道ミサイルは、グアムを射程距離におさめうると報じられている。

デニスが顔をしかめた。「ひところはミサイル騒動のせいで、グアムを訪れる観光客も激減したな。米朝首脳会談の実現で危機は去ったかと思えば、北朝鮮は核開発をやめてないって噂もある」

「偽のマクミラン大尉は、どんな情報を持ってるって？」

「ビリーも胡散臭《うさんくさ》い話だと思って、詳しくはきかなかったようだ。Ｂ１爆撃機による防空戦略の要《かなめ》になるオンラインネットワークがあって、そこにハッキングする方法らしい。空軍基地がどんな防護策をとろうとも、確実に侵入できるとか」

「ってことはＩＤとパスワードを知ってるとか、そんなレベルの情報じゃないわけだ」レイは苦笑した。「でまかせならなんとでもいえるな」

「偽のマクミラン大尉によれば、西側から亡命した軍人が、平壌《ピョンヤン》で手厚い待遇を受けてるから、自分もと思ったそうだ」

「アメリカを捨てて北朝鮮で暮らしたいって？」

「ああ。欺瞞《ぎまん》だらけで、いじめが横行しまくる軍隊に、ほとほと嫌気がさしたそうだ。貴重な情報を北朝鮮に売り渡すことで、かえって太平洋の平和が保たれるとも主張したらしくてな」

レイは呆《あき》れざるをえなかった。「父さんはふだん、探偵の秘訣《ひけつ》は情報を疑ってかかることだといってなかった？　ろくに検証しないのに、こいつをマクミラン大尉と決めつけるなんて」

デニスが苦い顔になった。「ビリーのもとだけじゃなく、あちこち手あたりしだいに亡命の相談を持ちかけてる。アプラ港に停泊中の貨物船まで訪ねてるんだ。どこでもマクミラン大尉の名を騙《かた》ってるから、てっきりそうだと思った」

父らしくもない。レイは鼻で笑った。だがこの偽大尉は何者だろう。どういうつもりで大尉を貶《おとし》めようとしているのか。

直後、ひとつの考えが急速に浮上してきた。衝撃が脳髄を揺さぶった。じっとしてはいられない気分だった。レイは身を翻した。「基地へ行く」

「どうした？　急に」

「なにが起きてるのかわかってきた」

「まて」デニスの勘はさすがに鋭かった。すでに状況を理解しつつあるらしい、真顔で告げてきた。「俺も行く」

「助手席、ビールと食い物でいっぱいなんだけど」

「もう打ち上げの準備か？　ふたりがかりで下ろせば、さっさと片付けられる」デニスが率先して駆けだした。「行くぞ。おまえの推測どおりなら、事態は一刻を争う」

6

夜十時をまわっている。インターホンの呼びかけに、リモート操作の解錠が応《こた》えた。レイはドアを開け、ひとりマクミラン大尉の部屋に踏みこんだ。明かりは消えたままだが、昼間ここに来たときに間取りは覚えた。リビングへまっすぐに進んでいく。

マクミランはやはりソファにいた。パジャマにガウン姿でシーツにくるまっている。暗がりのなかでも、口もとを歪《ゆが》めたのが見てとれた。マクミランがいった。「遅かったな。ビールはどうした」

レイは答えなかった。歩も緩めず、むしろ足ばやに距離を詰めていった。羽織ったシャツの下、ホルスターに手を伸ばし、グロック42のグリップをつかんだ。

闇に目が慣れているという点では、猫を自称したマクミランのほうに分があるようだった。レイが拳銃《けんじゅう》を引き抜くのを素早く見てとったらしい、マクミランは身体を起こし、P320をすくいあげた。

しかし銃口が狙い済ますのは、レイのほうが先だった。間に合わないと判断したのだろう、マクミランは一瞬のためらいもなくテーブルを踏み越え、レイに飛びかかってきた。

衝突時、頭骨に鈍い音が響き、次いで痺《しび》れるような激痛が襲った。押し倒された瞬間、背中に硬い物がぶつかり、ガラスの割れるけたたましい音を耳にする。サイドテーブルがフレームごと変形し潰《つぶ》れたのを、全身の触覚に感じとった。まずいことに拳銃がレイの手を離れていた。マクミランが気づいたらしい、伸びあがってP320を構え直そうとする。レイはガラスの破片を拾い、ナイフがわりにマクミランの向こうずねを斬りつけた。悲鳴をあげ、マクミランが身を屈《かが》める。すかさずレイはその顎《あご》を蹴《け》りあげた。マクミランが仰向《あおむ》けに転倒した。なにかが床に跳ねる音が響く。拳銃にちがいない。マクミランもP320を手放した。

レイが起きあがって反撃に転じようとしたとき、マクミランは床を転がりキッチンへ躍りこんだ。肉切り包丁をつかみ向き直る。猛然と襲いかかってくるや、刃が音を立てて空を切った。レイは身を退きながら、テレビのリモコンをつかんだ。でたらめな判断ではない、その種のリモコンは背面が湾曲していて握りやすく、しかも適度な長さを有する。落下しても壊れないよう、あるていどの強度を備える。護身術の武器として最適だと教わった。

リモコンを長く持ち、リーチの伸びを生かして踏みこむ。先端でマクミランの目もとを鋭く突いた。打撃の手ごたえを感じると同時に、マクミランの叫びもきいたものの、深追いせずただちに後方へ飛びのく。肉切り包丁のスイングを躱《かわ》してから、また踏みこんで一気に距離を詰め殴打した。マクミランが大きく体勢を崩した。レイはすかさず合気道の入り身でマクミランの背後にまわりこんだ。マクミランの重心を背後にずらし、後方へと投げ倒す。床に叩《たた》きつけると、マクミランが苦痛の呻《うめ》き声を発した。落下した包丁を蹴って遠ざける。代わりにグロック42を拾いあげ、安全装置をかけホルスターに戻した。レイはマクミランの襟首をつかみ、力ずくで引きずっていった。暴力を罪に問われることがあれば、正当防衛を主張するだけだ。

廊下を抜けると、半開きのドアを蹴り開けた。視界が白く染まる。無数のSUV車によるヘッドライトの照射を浴び、目もくらむばかりだった。レイはマクミランを外階段に突き落とした。

転げ落ちたマクミランが砂埃《すなぼこり》のなかでもがく。空軍警察の制服が群がり、マクミラン大尉の身柄確保にかかる。いや正確には、マクミラン大尉を名乗っていた男だ。バルフォア少佐が駆け寄ってきて男を見下ろす。制帽の鍔《つば》を上げながら、愕然《がくぜん》とした面持ちでつぶやいた。「なんと。イートン・カスケン中尉か」

カスケンと呼ばれた男の顔が、強烈な光に青白く照らしだされる。目もとと顎に、早くも内出血の痣《あざ》がひろがっていた。だがカスケンは拘束されながらも、臆《おく》したようすは微塵《みじん》もしめさず、不敵にバルフォアを睨《にら》みかえしている。

レイは頬を拭《ぬぐ》った手に、ぬるっとした触感をおぼえた。指先を眺めると、赤いものがべっとりとついている。顔が血まみれだと自覚した。鼻血らしい。とはいえ動揺はなかった。P320や肉切り包丁と渡り合ったわりには善戦したほうだ。

父デニスは空軍警察とともに立っていた。バルフォアにたずねる。「誰ですか、こいつ」

「マクミランの直属の部下だ」バルフォアはなおも信じられないというように、ひたすら目を瞠《みは》っていた。「きょうも勤務していたはずだが」

笑えない話だとレイは思った。どうりで正午近くと夜九時半すぎのみ面会に応じたわけだ。それ以外は勤務時間だった。すなわちこの部屋は数日間にわたり、ほとんど無人にすぎなかった。マクミランは不在だ。ときおりカスケンが忍びこんで身代わりを務め、マクミランが引き籠《こ》もっているフリをしてきた。

レイは外階段を下りていった。デニスがだいじょうぶかと目でたずねてくる。レイも無言のうちに応じた。鼻血など負傷の数に入らない。

レンドル警部の眉間《みけん》に皺《しわ》が寄った。「なんてことだ。マクミランは籠城《ろうじょう》していなかったのか」

デニスがうなずいた。「でしょうね。職務を放棄して引き籠もったのは本人だったと思いますが、この男と入れ替わったんです。ここは居住区だし、包囲されてもいないから、逆側の窓から出入りもできます」

バルフォアが腑《ふ》に落ちない顔でいった。「私自身がインターホンで会話したぞ。そこでレイ・ヒガシヤマの名を告げられた」

レイはつぶやいた。「このカスケンによる声色か、もしくはマクミランの録音でしょう。一方的に短く伝達するだけならそれで充分です。情報関係の特殊な部署に属する以上、顔写真入りの履歴書は部外者にしめされず、ネットの検索でもでてこない。ある特定の部外者に対し、前もってマクミランと名乗っておけば、顔を合わせても本人だと思いこむ。少佐や警部を含め、ほかの誰とも接触を断っているので、事実は発覚しません」

レンドルがレイを見つめてきた。「なぜきみが利用されたんだ?」

「探偵だからです。ホテルで浮気調査のため張りこんでいる俺を見て、カスケンが気づいたのかもしれません」

民間調査官たる探偵なら、籠城中のマクミランが対話の相手に指名しても、少佐らは適任だと認める。一方で警察官なら空軍警察から直《じか》に情報を受けとれるが、探偵にはそこまでの権限がない。結果カスケンをマクミランと信じさせるには、探偵が最も適していることになる。

バルフォアが語気を強めた。「そうまでしてマクミランが部屋にいると思わせたかったのか。理由はなんだ?」

デニスがバルフォアに目を向けた。「少佐。本物のマクミラン大尉は先月から、裏社会の連中を訪ねてまわっていました。亡命したがっていたようです。防衛戦略に関するネットワークへの侵入方法が、北朝鮮に受けいれてもらうための手土産だとか」

するとバルフォアが焦燥のいろをあらわにした。レンドルと顔を見合わせる。狼狽《ろうばい》したようすから事態の重要度がうかがえる、レイにはそんな気がした。

レイはバルフォアにきいた。「マクミラン大尉は要注意人物だったんですね？」

「ああ」バルフォアはため息をついた。「このところ情緒不安定になり、職場の規律を乱す傾向があることは把握していた。家族もいないし、亡命を画策しているとの噂もあった。彼は重要な機密を知る役職だったし、放置はできなかった。ところが取り調べを開始する前に、拳銃《けんじゅう》を持ったまま引き籠もってしまった」

籠城といっても基地内だ、逃亡の恐れはないと踏んだのだろう。部屋のインターネットと電話回線を断ち、外部と通じ合うのを不可能にした。マクミランが指名した探偵のレイを呼び、対話係とする。少佐らの判断は至極《しごく》真っ当といえた。

レンドル警部がカスケンに詰め寄った。「本物のマクミラン大尉はどこにいる」

身柄を拘束された状態のカスケンは、及び腰になるどころか、レンドルに食ってかかった。「いまさら動いても無駄だ。俺は時間稼ぎにすぎない。大尉が抱いてた疑問と同じことを、俺も考えてた。理不尽な命令に暴力沙汰《ざた》、弱者への責任転嫁。グアムでも沖縄でも住民の土地を奪い、自治権を踏みにじる。アメリカ軍は恥を知るべきだ」

バルフォアは憤りのいろを浮かべ、カスケンに怒鳴った。「貴様こそ恥を知れ。国家に忠誠を誓いながら、謀反におよぶとはなにごとだ」

デニスがバルフォアを手で制し、カスケンに向き直っていった。「きみやマクミラン大尉は軍の内情に詳しい。どんな不満を抱いたか、一市民の俺にはわからん。許しがたい理由があったのかもしれん。しかしいまはその是非を吟味するときではない。大尉の命にかかわる状況だ。答えろ。大尉はどこだ」

カスケンがいいかえした。「大尉はもう軍人でもなければ、アメリカ人ですらない。所在を明かす義理もない」

「なんらかの方法で亡命済みってわけか。だがいくら軍に詳しかろうと、きみらはグアムの庶民を知らん。とりわけ犯罪で飯を食ってる鼻つまみ者の暮らしぶりはな」

不穏な空気を察したらしい。カスケンが表情を険しくした。「なんのことだ」

「共産圏への密航すら請け負うと豪語するワルは、たしかにグアムのあちこちにいる。だが奴らはLAのマフィアとはちがう。実際にはそんな力はない。受注するフリをして、金だけむしり取るのが目的だ。依頼人にやましいところがあれば、それをネタにして逆に強請《ゆす》ってくる。それが現実だよ。ネットの裏サイトの情報を鵜呑《うの》みにしちまうあたり、若くして尉官になる坊ちゃんどもは、世間知らずとしかいえん」

「馬鹿いうな」カスケンが怒声を響かせた。「大尉は利口な人だ。慎重に慎重を重ねて検討し、段取りを実行に移した」

レイは耳を疑った。「実行に移した？　グアムで裏社会の手を借りて、ひそかに出国し、もう亡命してるってのか。探偵をやってる身からいわせてもらえば、まるでありえない話だよ。空き巣や詐欺で食いつなぐチンピラどもに、そんな大それた計画が立てられるはずがない」

カスケンの自信に満ちた顔が曇りがちになった。ようやく根拠の弱さに気づきだしたらしい。

だが疑問もある。マクミランやカスケンがそこまで信頼を寄せるとは、どこの誰によるどんな詐欺だろう。グアムに暗躍するあらゆるやくざ者の顔が、レイの脳裏をよぎった。どいつもこいつも、さほど知恵の働く詐欺師ではない。空軍大尉をだますとなると大仕事だ。カモになりうるとわかっていても、みな尻込《しりご》みして手をださないだろう。

ふと頭に閃《ひらめ》くものがあった。ひょっとして主犯は、従来の詐欺師以外か。ありうる。だとしたら狭い島で見聞きした情報のうち、当てはまる可能性はそれしかない。レイはいった。「いますぐ向かうべきだ。大尉の身が危険に晒されてる」

「なに？」バルフォアが目を剝《む》いた。「見当がついたのか」

レイはうなずいてみせた。「こっちじゃなくフィリピン海側ですが、急げば間に合います。なにせちっぽけな島なので」

7

空軍基地だけにヘリの離陸も可能なはずだったが、どうやらレイの主張が正しいと見なされたらしい。州道1号線を車両で飛ばしたほうが早く着く、そう判断が下ったようだ。夜も更けてきた。クルマの通行もまばらなうえ、車道は常に片側二車線から三車線もある。空軍警察のSUV車がサイレンを鳴らし、数台連なって走行すれば、行く手を遮るものはなにもない。

三列シート七人乗りの車内で、レイはデニスと並び、最後列におさまっていた。きょうのあらましを簡潔に伝える。

前のシートのレンドル警部が振りかえり、驚きのいろとともにきいた。「大学生の犯行だってのか」

「そうです」レイはサイレンに掻《か》き消されまいと大声で応じた。「マクミラン大尉が密航手段を求め、あちこちあたるうち、学生たちの耳に入ったんでしょう」

同じく前の列に座るバルフォア少佐が、しかめっ面で振り向いた。「まるっきりナンセンスな憶測だ。大尉が学生にだまされると、本気で思ってるのか。あらゆる知識に長《た》けている大尉を、いったいどう丸めこんだというんだ」

「そこは事実をたしかめてみないことにはわかりません。空軍大尉の信頼を得るだけのなんらかの秘策が、学生たちにあったのかも」

デニスがいった。「レイ。俺が情報屋のビリーにきいた話じゃ、大尉が約束した謝礼はたいした金額じゃなかったらしい。むしろ亡命により太平洋に平和が訪れるから、その意義を理解してほしいとか、情にうったえるばかりだったらしくてな。学生らがそれに同調したってのか？」

「いや」レイは首を横に振った。「学生たちは純粋に金目当てだったんだよ。重要な軍事機密を入手すれば、高く売れるじゃないか。オンラインネットワークへの侵入方法なら、他国のバイヤーとの取引もメールで済ませられる。金を振りこませ、商材は添付ファイルで送れるんだから」

「おい、それは変だ。大尉は学生たちに、亡命への協力を求めただけだろう。軍事機密を明かすのは、北朝鮮に渡ってからのはずだ。向こうの政府に受けいれてもらうための手土産だぞ」

「だから渡航したと思わせようとしたんだって。けさハガニアボートベイスンで学生らが実験してた。ボートに小型船舶用のエンジンを載せ、昼夜問わず延々と四日間も稼働させた。燃料は絶えず注ぎ足したんだろう。土台は上げ底にして、シートが盛り上がった状態だったから、あのなかにマクミラン大尉が横たわってたと考えられる」

レンドルがレイを見つめてきた。「海上を移動したように信じさせたのか」

「ええ」レイは応じた。「大尉は目隠しをさせられた状態で、棺桶《かんおけ》のような箱に入れられ、ハガニアボートベイスンに運ばれた。そこでボートの船底に閉じこめられたんです。たぶん学生らとの接触時から、目隠しを強要されたと思います。首謀者と協力者の素性を伏せるためといわれれば、従わざるをえません。グアム大学の学生とは知らなかった可能性が大です。むろんボートのサイズもわからないままです」

「しかし」レンドルが身を乗りだした。「ボートを何日も航行させるわけにはいかんだろう」

「だから推力とは無関係なエンジンを載せ、音だけをきかせたんです。じかに真上に据えたのも、現地の環境音を大尉の耳に届かせまいとしたからです」

「そんなにうるさければ、かえって周囲の目を引くはずだが」

「ボートが係留されていたのは、岸から六十フィートも離れた入り江のなかです。陸に届く音は五十デシベル以下で、公園の管理事務所から許可も下りていました。近所で働くチャモロ人が、警察やほかの探偵事務所に相談したものの、相手にされずうちにまわってきた。いま思えば幸運でした」

「三日や四日じゃ北朝鮮に着けん。大尉も疑問に思うんじゃないか」

「太陽の光を遮断されたうえ、エンジン音が響くほかは、かすかな波の音をきくだけです。ボートは揺らぎつづけるし、航行してるという実感はあったでしょう。何度か眠りにおちるうち、時間の経過は不明瞭《ふめいりよう》になります。退屈ですし、日数を長く感じるはずです。時計やスマホは、金属探知機にひっかかるとかいって取りあげたでしょうし」

「何日もボートに横たわっているあいだ、大尉は飲まず食わずだったのか」

「いえ。水や非常食は積んであったと思います。でも箱は密閉され、外は見られない状態だったにちがいありません。トイレは行けないから、宇宙飛行士と同じくおむつでしょうね。承諾したうえで密航に臨んだのだと思います」

「なるほど。小型貨物船の積み荷に潜むと説明されれば、箱のなかでも納得するしかないな」

「ええ。実際には髭《ひげ》の伸びぐあいで日数がわかるはずですが……」

デニスが声高にいった。「髭のことなんか気にならんはずだ。それどころじゃないからな。北朝鮮に到着したといわれ、箱が開いたとたん髭を剃《そ》られれば、伸びぐあいなど自覚もしようがない」

バルフォアが怪訝《けげん》そうな顔になった。「ずっとハガニアボートベイスンにいたんだろ？　どうやって到着を演出する？」

レイはいった。「あの岸辺には戦跡のトーチカがあります。石造りで、窓は海に向いた銃眼のみ、内部も牢獄《ろうごく》のように狭い小部屋です。夜八時にはエンジン音がやんでいたので、マクミラン大尉は箱ごとトーチカのなかに運ばれたと思います。そこで箱からだされ、朝鮮人民軍による取り調べを受ける」

「朝鮮人民軍による取り調べだと？」

「学生たちはみな韓国人です。彼らがこの計画を実行可能と考えたのも、そのせいです」

「まて。大尉が事前に目隠しをさせられていたのなら、たしかに学生たちの顔を拝むのは初めてだろう。英語でなく韓国語に切り替えられれば、初対面の北朝鮮人とは信じるかもしれん。しかし軍人かどうかは一目瞭然《いちもくりようぜん》じゃないか」

「そうでもありません。昼間、学生たちはみな地味な服装だったのに、空《から》のスーツカバーがいくつもありました。朝鮮人民軍に見えるコスプレ用制服が、トーチカに搬入済みだったんです」

デニスが神妙な目を向けてきた。「おまえは夜八時すぎにも、ようすを見に行ったんだろ？　異変に気づかなかったのか」

レイの胸中に苦い思いがひろがった。「音がやんでたのを確認しただけだ。岸辺までは行かなかった」

あのときイ・ハジンが注意を呼びかけた。暗い地面に配線が這《は》っている、パネルも横たわっていると。トーチカに近づかせないための巧みな理由付けだった。おかげで深く踏みこむのを躊躇《ちゅうちょ》してしまった。マイスもボートが岸に戻ったといっていたが、遠目に確認したにすぎないのだろう。レイと同様、岸辺には寄りつけなかったにちがいない。

レンドルが唸《うな》った。「朝鮮人民軍による取り調べで、情報と引き替えに平壌での生活を保証するといわれたら、告白しかねないな。何日間もボートで揺られていた疲れもある」

バルフォアは納得しかねるといいたげに腕組みをした。「裏切り者を擁護したくはないが、彼も士官になる訓練を受けてきた。韓国人学生の扮装《ふんそう》ごときを鵜呑《うの》みにするとは、やはり考えられん」

「しかし」レンドルが不安げな顔をバルフォアに向けた。「もしすっかり信じきって、軍事機密を明かしてしまったら、大尉はどうなりますか」

「軍法会議ものだ」

「いや、そういう意味ではなくて……」

レイは思いのままを口にした。「イ・ハジンたちは、グアム大学に音波実験を正式に要請し、許可を得ています。すなわち一連のできごとを完全にカモフラージュするつもりだったんです。今後も問題を発覚させず、学生生活をつづける気満々でしょう。軍事機密を喋《しゃべ》らせたのちも、大尉が生き延びることは、彼らにとって都合が悪いはずです」

車内に重苦しい空気が充満しだした。誰もが無言のまま視線を交錯させる。

デニスが深刻な面持ちでつぶやいた。「少佐のご期待どおり、マクミラン大尉が学生たちの嘘を見抜くか、軍事機密について固く口を閉ざすのを祈るしかありません」

バルフォアが制帽を脱いだ。両手で頭を抱え項垂《うなだ》れる。「前代未聞だ。情報が売り渡されてしまったらどうなる。ネットワークへの侵入方法は、容易に回避できるものじゃないんだ。遮断すればシステム自体が機能を失う、それぐらい高度なレベルのアクセス手段だぞ。グアムの防空体制は壊滅状態になる」

レイは黙っていた。大学生らは殺人にまで手を染めうるだろうか。ないとはいいきれない。空軍大尉を罠《わな》に嵌《は》め、亡命を果たしたと錯覚させたうえで、軍事機密をきだす。充分すぎるほどの重犯罪だ。その先を躊躇すると、どうしていえるだろうか。

しかし机上の空論に留《とど》まらず、ここまで大胆な犯行に踏みきるとは、どんな背景があったのか。マクミラン大尉に密航が可能と信じさせた時点で、よほど口が達者だったことになる。あのおとなしそうな大学生らが、どうやって空軍大尉を欺きえたのか。そこがやはり最大の疑問だった。

レンドルが前方に向き直った。「サイレンを消せ。接近を気づかれるな」

すでにクルマはパセオ公園の西側に乗りいれていた。速度を落とし、球場の脇道を徐行する。全車両が縦列に並んで停まった。ドアが開け放たれ、空軍警察の制服が続々と降り立つ。レイもデニスとともに車外にでた。

生暖かい風がいつもどおり吹きつける。波の音もかすかにきこえてくる。変化ひとつ感じないハガニアの夜だった。だがそれは見せかけにすぎない。けさここを訪ねたときにも、穏やかならぬ事態が進行中だとは想像もつかなかった。

周りの制服はみな拳銃《けんじゅう》を抜き、両手でかまえて前進していく。デニスもホルスターからスプリングフィールドアーモリーのXD-Sを抜いた。レイのグロック42と同様、六発しか装塡《そうてん》できない小ぶりのオートマチックだが、探偵に所持と携帯が許可される拳銃には制限がある。ふだんの仕事ならそれで充分だが、いまは状況がちがった。デニスは気にしていないようだが、レイは制服たちのずんぐりとしたベレッタを、すなおに羨《うらや》ましいと感じた。

制服の群れが果樹のなかを突っ切り、入り江の岸辺へ向かう。懐中電灯は灯《とも》していない。彼らには暗視ゴーグルがある。

馴染《なじ》みの庭だ、明かりはなくとも、おおまかな位置関係はわかる。レイも拳銃の安全装置を外し、後につづいた。通路の柵《さく》を手で探りあてる。小径《こみち》に沿って進めば岸まで行き着く。

やがて闇のなかにかすかな光の明滅を目にした。波立つ海面の反射だとわかった。凝視せずとも、陸にあがったボートが見てとれる。横転ぎみに傾いていて、なかにはなにもなかった。ビニールの覆いが地面におちている。大尉は箱ごと運びだされたのだろう。

前方で制服がいっせいに散り、姿勢を低くして潜んだ。レイもそれに倣った。行く手には石造りの建物が、おぼろに白く浮かびあがっている。ごく小規模な城塞《じょうさい》という趣きに満ちていた。制服が包囲にかかる。出入り口はひとつ、錆《さ》びついた鉄製の扉だった。半開きになっているのを過去に何度も目にしたが、いまは固く閉ざされているようだ。

妙なことに、鈍い音が反響してきこえてくる。機械的な規則性はなく、断続的で強弱があった。耳を澄ますうち、くぐもった声に気づかされた。サルリョジュセヨ、複数の発声がそう呼びかけている。韓国語で助けを求めていた。英語で喋るのを忘れるほど切迫した状況らしい。聞き覚えのある声も交ざっている。イ・ハジンにちがいなかった。ほかの声も総じて若い。レイは起きあがって駆けだした。

デニスが小声で呼びとめた。「おい、レイ。まて」

足をとめる気はなかった。レイはトーチカに接近すると、出入り口の前に立った。内側から扉を叩《たた》く音が響いてくる。閂《かんぬき》が挿さっていた。横滑りに開けにかかる。錆びのせいか、あるいは歪《ゆが》んでいるからか、ほとんどびくともしない。

空軍警察の制服らが状況を察したらしい。数人が駆け寄ってきた。手を貸す、そう身振りでしめしてくる。取りだされた工具は、極めて大きいサイズのウォーターポンププライヤーだった。先端で閂をしっかりとはさみこんだうえ、全員で柄をつかみ、ゆっくり横にずらしていく。閂はきしみながら動きだした。

やがて扉が弾《はじ》けるように開いた。とたんに眩《まばゆ》いばかりの光が視野にひろがった。キャンプ用のLED式ランタンが天井から吊《つ》ってある。室内にある唯一の照明らしい。空軍警察が踏みこんでいくと、なかにいた数人は怯《おび》えきったようすで、いっせいに両手をあげた。

塁壁に四方を囲まれた、独房さながらの手狭な空間だった。情けなく降参の素振りをしめす大学生たちは、あきれるほど本格的な装いに身を包んでいる。イ・ハジンら四人の男たちはみな、カーキいろの軍服を着ていた。制帽に赤い襟章と腕章、革製のサムブラウンベルト。ひとりだけいる女も同じ軍服姿だが、スラックスでなくタイトスカートだった。いずれもニュースで目にした北朝鮮軍のパレードを思い起こさせる。質のいい仕立てで、生地も安っぽくなく、コスプレ衣装とは信じがたい出来栄えだった。

もっともそれは軍服にかぎってのことだ。態度はまるで兵士にふさわしくない。みなすっかり青ざめ、震えながらすくみあがっている。空軍警察が外に並ぶよう学生らをうながした。若者たちは狼狽《ろうばい》をしめしながら、両手をあげたまま指示に従った。

レンドル警部がバルフォア少佐とともに駆けてきた。トーチカの内部を一瞥《いちべつ》してから、レンドルは学生らに向き直った。「マクミラン大尉はどこだ？」

「あのう」イ・ハジンがうわずった声で応じた。「すみません。どうか撃たないでください。僕らはグアム大学の学生です」

バルフォアが詰め寄った。「そんなことはわかっとる。大尉から機密情報をききだしたのか」

「いえ、あの」

「なんだ。はっきり答えろ」

別の学生が声を震わせながらいった。「きいてません」

「本当か」バルフォアが睨《にら》みつけた。

「ええ。初めのうちはマクミラン大尉も会話に応じていたんですが、徐々に怪しまれてしまいまして。ここは三十八度線に近いイムジン川沿いだと伝えたんですが、大尉が質問してきたんです。草木のざわめきがきこえるのに、どうして蟬の声がないのかと」

デニスがため息をついた。「さすが大尉だ、機転がきくな。グアムには蟬がいない」

孤島までたどりつけないとか、暑さのせいで卵が孵《かえ》らないまま死んでしまうとか、さまざまな説がある。グアムで蟬の声がきこえないのはたしかだ。だが北朝鮮はそうではあるまい。

イ・ハジンがうなずいた。「僕らはあわててしまい、夜は蟬が鳴かないといったんですが、よく考えてみたらソウルでは日没後も鳴いてたかも」

レイはあきれるしかなかった。「蟬はカメムシの子孫にあたるから、もともと夜行性だ」

「そうなんですか」ハジンがおろおろと見つめてきた。

「タイの蟬は夜も鳴くよ。日本や韓国でも、熱帯夜の気温が上昇したせいでそうなった」

「ですよね。北朝鮮は涼しいのでと弁解したんですが……」

「これだけ暑けりゃ説得力がない」

「勉強不足でした」ハジンが途方に暮れた顔になった。「みな言葉に詰まってしまい、それっきり会話は途絶えました。もうなにをいおうとも、大尉は沈黙したままで」

バルフォアがほっとしたようにつぶやいた。「やはり士官になるべく鍛えられただけのことはある。安易に状況を信じたり、心を許したりはせん」

だがレンドルは逆に表情を険しくし、ハジンに詰問した。「まさか大尉が口を割らないと知って、用なしと判断したんじゃないだろうな」

「とんでもない!」ハジンは首を激しく横に振った。「ただチョ・ヒジュンが大尉を連れだし、僕らをここに閉じこめて……」

「なんだと？　ヒジュンってのは誰だ」

レイははっとした。女子学生はふたりいたはずだ。いまはひとりしかいない。チョ・ヒジュンという三つ編みの女は姿を消している。

デニスが眉《まゆ》をひそめハジンを見つめた。「女ひとりに、きみら全員が置き去りにされたってのか」

「ええ。彼女が銃を突きつけてきたので……」

「銃？」バルフォアが声を張りあげた。「いい加減、軍隊ごっこの戯言《たわごと》はよせ」

「本当なんです！　この衣装も彼女が調達してくれて、ずいぶん用意周到だと思ったら……」

背後に風を切る音をきいた。野球で打ちあがったボールをキャッチするべく、まちかまえているときに耳にする、そんな音だと感じた。レイは振りかえった。小さな物体が放物線を描いて飛んでくる。

テロ対策が重視されるアメリカの警察学校では、あらゆる物騒な武器について教育を受け、身を守るすべの特訓を受ける。いまも物体が空中にあるうちに、瞬時に形状を見てとった。レイはとっさに叫んだ。「手榴弾《しゅりゅうだん》。散れ！」

空軍警察の反応は素早かった。警部や少佐を保護し、たちまち散開する。デニスが学生らに飛びつき、トーチカのなかに転がりこむのを見た。四人の男子学生はトーチカ内に退避したが、女子学生がひとり茫然《ぼうぜん》と立ち尽くしている。レイは駆けだすと、女子学生を抱きかかえ、わずかな窪地《くぼち》に伏せた。悲鳴をあげる女子学生に覆いかぶさりながら、レイは両手で自分の耳をふさいだ。

ふいに目も眩《くら》む閃光《せんこう》が走り、視界が真っ赤に染まった。地響きとともに火球が膨れあがると、巨大な火柱となって噴火のごとく垂直に立ち昇る。地響きが縦揺れに襲い、肌を焼くような熱風が押し寄せてきた。夜空に舞いあがった火の粉が、砂や土にまみれながら頭上に降り注ぐ。

レイは自分の下にいる女子学生の無事を確認した。視線をあげると、辺りには濃霧のごとく煙が立ちこめていた。両耳をしっかりふさいだおかげで、鼓膜に影響はない。周りの音がはっきりときこえる。だが空軍警察の一部は、その対応を怠ったようだ。ふらふらとさまよう人影がある。爆発直後、耳が遠くなった場合に特有の振る舞いだった。

とはいえ爆風の直撃を受けた者はいないらしい。誰もが起きあがっている。辺りを眺め渡したが、重傷者は見当たらなかった。

デニスの泥だらけの顔が覗《のぞ》きこんだ。くぐもった声が問いかける。「レイ。無事か」「平気だ」聴覚は正常と思ったが、多少は鈍化しているらしい。自分の声も籠《こ》もってきこえた。

手榴弾が飛んできたほうへ目を凝らす。不自然な動作がそこにあった。ふたりが揉《も》みあっているように見える。体形から察するに男女のようだ。女のほうが優勢で、男を引き立たせ、連行を試みている。入り江の水辺近くにいるとわかった。

逃亡する気だ。大尉の口を割るのに失敗し、人質として拉致《らち》するつもりだろう。真相を知る者をまとめて葬ろうとしたのは、空軍警察側の対処を遅らせようとしたからだ。チョ・ヒジュンは島からの脱出を画策している。迎えの敵艦か潜水艦が洋上にいるのかもしれないが、周辺は浅瀬で近づけない。沖まで小型艇で向かう段取りか。

レイは起きあがり全力で駆けだした。拳銃《けんじゅう》を両手で握り、目の高さに保持しながら、行く手にまっすぐ銃口を向けた。肘《ひじ》は伸ばしきらずわずかに曲げ、片時も銃を下げぬよう心がける。

どうりで空軍大尉ともあろう者が、大学生の口車に乗ったわけだ。本物の北朝鮮工作員による知恵が背景にあった。チョ・ヒジュンは学生のなかにまぎれ、周りを扇動し、一連の犯行を牽引《けんいん》した。具体的な説明で大尉を納得させたにちがいない。

そういえば彼女はイ・ハジンにいった。マップルジャクジョンならどう。韓国製盗聴器の商品名あたりかと思ったが、ちがっていたようだ。あれはハジンへの暗号だった。マップルジャクジョンとは北朝鮮の軍事用語で、対抗作戦を意味する。偽のマクミラン大尉のアリバイ工作に利用した探偵が、音波実験の偽装現場にも現れたと知り、緊急対応を示唆したのだろう。

ふたつの人影が眼前に迫った。チョ・ヒジュンはカーキいろの軍服姿だった。人質はアメリカ空軍の制服だ。防犯カメラ映像で見た顔とわかる。情報屋ビリーに接触していた男、本物のマクミラン大尉だった。ヒジュンはマクミランに拳銃を突きつけ、海辺へ向かわせようとしている。海面に推進エンジン付きのインフレータブルボートが浮かんでいた。乗れと脅しているようだ。

レイは怒鳴った。「よせ。とまれ！」

発砲はできなかった。マクミランが近すぎる。ヒジュンがびくっと反応し、銃口をレイに向けてきた。レイはとっさに突っ伏したが、銃撃を逃れられるかどうかは微妙だった。

だが次の瞬間、マクミランが動いた。自分の身から銃口が逸《そ》れたのを勝機と感じたらしい、ヒジュンの腕に飛びついた。ヒジュンはすぐさま体勢を立て直し、マクミランの後頭部を銃床でしたたかに打った。

レイは猛然と突進し、銃を持ったヒジュンの手首をつかんだ。外側からヒジュンの腕をくぐり、逆方向にねじりつつ折りたたむ。ふいに肘が曲がれば指先に力は入らず、銃の引き金も引けない。肩関節までを固め、ヒジュンの腕を背に運び、斜め後方へと倒しにかかった。ヒジュンは激痛に耐えかねたらしく悲鳴をあげ、空中で半回転すると、つんのめるように地面に這《は》った。

空軍警察が駆けつけてきて包囲した。無数の銃口がヒジュンを慎重に狙い済ます。ヒジュンは仰向《あおむ》けになったものの、観念したように拳銃を手放した。

近くでマクミラン大尉が上半身を起こしていた。息を弾ませている。げっそりと痩《や》せこけ、疲弊しきったようすだった。興奮状態が徐々に鎮まり、魂の抜けたような目つきになる。これまでを振りかえれば当然の反応だろう。

小走りに駆けてきたのはバルフォアとレンドルだった。バルフォアはマクミランに目をとめたとたん色めき立ち、近くにいたデニスに握手を求めた。「さすがだ！　あなたの探偵事務所の洞察力はたいしたものだ。おかげでグアムが核攻撃から救われたといっても過言ではない」

事務所のボスをデニスと見なしたうえでの賞賛だろう。デニスとレイが親子と気づいていないのかもしれない。

だがデニスは真の貢献者が誰かを理解しているようだった。バルフォアにはなんの返事もなく、レイを見下ろし穏やかにいった。「親父が知ったら卒倒するな。いや大喜びか。孫が大仕事を終えた。成長の証だ」

レイはふと胸もとに手をやった。袋がやぶれ、粉はほとんど残っていなかった。失意とともにレイはつぶやいた。「仕事は果たせても、もうひとつのプレゼントが台なしだよ。じっちゃんにうまいコーヒーをすってほしかったのに」

「いや。プレゼントなら、おまえはちゃんと贈ってる」デニスがレイの手をしっかりと握った。「親父が今後もグアムでコーヒーを飲めるのは、おまえのおかげさ」

第四話　ヨハネ・パウロ二世は踊らず

1

四十六歳になる井原哲久《いはらてつひさ》は、長年連れ添った妻を病で亡くした。娘の佳奈美《かなみ》はまだ十五歳だ。ふたりきりで暮らすことになる。ある日、暗く沈みがちな佳奈美を勇気づけようと提案した。いっそのことグアムにでも移住するか。

心から本気だったわけではない。半分は冗談だったようにも思う。だが娘がひさしぶりに明るく笑った瞬間、一念発起も悪くない、井原はそんなふうに考え直した。脱サラして退職金でグアムに起業する。以前ぼんやりと夢想した計画を実行に移すことになった。

なにより優先したのは佳奈美の将来だった。本当にいいのかと何度もたずねた。英語の勉強にもなるし、海が好きだからグアムに住みたい、佳奈美はそういった。日本人学校の高校がなく、私立も中高一貫校が多いため、入れるのは公立高校だけとわかった。エージェントの世話を受け、なんとか入学にこぎつけた。

校舎は新入生のみ別棟になっていて、初年度は上級生に気を遣わずに済む。高校は四学年あるが、日本でいう高校一年は実質的に中学三年で、しかも小学一年から通算する九年生《フレッシユマン》となる。入学は去年の秋で、いまは半年後の春を迎えた。同級生の年齢も国籍もまちまちだが、佳奈美の得意科目は英語だった。会話も上達し、ほどなく学校生活に馴染《なじ》んだようだ。

井原は就労ビザを取得した。起業しても自分が働くためには、そうする必要があった。開業資金は五百万円。趣味でスニーカーを集めていたこともあり、スニーカーのセレクトショップを始めることにした。タムニングにあるプレミア・アウトレットの近く、サウス・マリン・コア・ドライブから一本入った道沿いに、小さなテナントを借りられた。店名は佳奈美と話しあってきめた。妻の名に由来しユミ。佳奈美が反対したらあきらめようと考えていたが、意外にも同意をしめしてくれた。家族が揃っているように感じられる、だからいいかもしれない、佳奈美は笑顔でそう告げてきた。

毎朝クルマで佳奈美を高校に送った後、ひとりで店を開ける。いまは高校が春学期前の休み期間《スプリング・ブレイク》に入ったため、佳奈美も店を手伝ってくれる。もっとも仕事といえば、狭い店内に雑然と積みあげられた箱の整頓《せいとん》がほとんどだ。閑古鳥の鳴く日がつづく。プレミア・アウトレットの外にある店は、なかなか注目されない。商売が軌道に乗るまで、しばらく時間を要しそうだった。

きょうも夕方近くになったものの、店内に客はいない。井原はカウンターのなかで、新入荷のバレンシアガを箱から取りだし検品していた。揃いのエプロンを身につけた佳奈美は、エントランスのガラス戸のわきで、棚の埃《ほこり》を拭《ふ》きとっている。

ドアベルが鳴った。ガラス戸が開いたとわかる。井原は顔をあげた。「いらっしゃいま……」

思わず絶句した。ふたりの痩《や》せた男は、いずれも目出し帽をかぶっていて、顔を隠している。それぞれ赤と濃紺のTシャツを着ていた。赤シャツの腕は毛深いうえ浅黒く、筋肉質に見える。濃紺シャツのほうはやや細く色白だった。ふたりとも手袋を嵌《は》め、ナイフを握っている。

濃紺シャツが佳奈美の胸もとに刃を突きつけた。佳奈美は恐怖のいろとともに立ち尽くした。

井原は震える声で娘にいった。「心配ない。お父さんが対処する。そこにいて動かないでくれ」

日本語が気になったらしい。赤シャツがカウンターごしに井原と向かいあうと、英語でたずねてきた。「なにを喋《しゃべ》った?」

「いいえ、あの」井原は両手をあげ、必死で英語をひねりだした。「抵抗しないようにと」

「いい心がけだ」赤シャツの声は若かった。「金をだしな。レジの小銭や小額紙幣じゃなく、まとまった金だ。すぐそこの手提げ金庫にあるだろ」

凍《い》てつくような寒さが全身にひろがる。井原はおずおずと弁明した。「きょうはもう業者への支払いを済ませてる。現金はほとんどない」

すると赤シャツが濃紺シャツに目配せした。濃紺シャツは片手で佳奈美の口をふさぐと、ふいに距離を詰め、ナイフを佳奈美の首すじに這《は》わせた。佳奈美はのけぞりながら呻《うめ》き声を発した。

「よせ」井原はあわてて呼びかけた。「わかった。すぐに用意するから、娘に危害を加えるのはやめてほしい」

濃紺シャツがおどけた口調で赤シャツにいった。「この小娘、けっこう可愛いぜ」

「余計なことをほざくな」赤シャツが一喝した。だが濃紺シャツを振りかえりはしない。鋭い視線もナイフの尖端《せんたん》も、井原に向けられたままだった。

激しく動揺しながら、井原は手提げ金庫を開けにかかった。施錠はしていない。当初こそ防犯意識が高かったものの、観光客が多く訪れるタムニングの治安は悪くなく、最近では警戒心も薄らいでいた。まさか強盗に狙われるとは想定もしていなかった。

卸しや内装の業者らへの支払いに、まとまった現金が必要になる。そのため手提げ金庫には、百ドル紙幣百枚からなる札束を常備していた。使ったらすぐ補充する。一万ドルの現金を手もとに置くことがお守り代わり、慣れないグアムを生き抜くための安心材料、そう考えてきた。商売人の思想としては誤りだったかもしれない。現状がそれを証明しつつある。

震える手で札束をつかみとった。輪ゴムに束ねられた一万ドルを、赤シャツに差しだす。

目出し帽から露出する血走った眼球が、左右に注意を払った。赤シャツは札束をひったくるや身を翻した。カウンター前を離れながら、濃紺シャツの肩を軽く叩《たた》く。行くぞとうながしたらしい。

濃紺シャツはなおも執拗《しつよう》に、佳奈美の怯《おび》えた顔を覗《のぞ》きこんでいた。赤シャツがじれったそうに足をとめた。そのとき、ふいにガラス戸が開いた。太った老婦が入店してくる。目出し帽のふたりと鉢合わせしたからだろう、老婦はぎょっとした顔で立ちすくんだ。

赤シャツは老婦のわきをすり抜け、外へと飛びだしていった。すぐに濃紺シャツも駆けだし、赤シャツを追うように逃走した。

佳奈美が顔面蒼白《そうはく》になり、ひたすら身を震わせている。井原は急いでカウンターから抜けだし、娘のもとに駆け寄った。抱き締めてなだめるのが精いっぱいだった。

老婦がうろたえたようすできいた。「警察を呼ぶ?」

すっかり取り乱し、自分ではどうにもできない、そんな心境だった。井原はしきりにうなずいた。「通報、お願いします」

2

強盗の被害に遭った場合、どれぐらいの規模で捜査がおこなわれるか、井原は知らなかった。開放されたガラス戸の外に目を転じる。赤みを帯びた斜陽の下、青いパトランプが明滅していた。だがパトカーはわずか二台、警官の制服も数人。テレビでよく見かける黄いろいテープなど、張りめぐらされる気配もない。

娘が命の危険に晒《さら》された。井原自身もだ。なのに警察官らの動作は緩慢で、真剣さを欠いていると感じる。鑑識が現場の証拠を採取するのではないのか。それらしい職員は姿を見せているものの、店の内外で写真を撮るばかりだった。

スーツ姿の中年、白人のオドネルという警部が井原にきいてきた。「その防犯カメラは？」

　オドネルが指さしたのは、カウンター内の天井近くに取り付けたダミーカメラだった。

　井原は困惑とともに応じた。「本物じゃないんです」

「ダミーですか」オドネルが眉《まゆ》をひそめ、ガラス戸のわきを振りかえった。「でもレンフィールド社のステッカーが貼ってありますよね」

　レンフィールドはグアムの大手警備会社だった。防犯警備と強盗保険をセットで契約できると、ローカルのテレビCMで謳《うた》っている。防犯カメラも常時、遠隔監視してくれるらしい。

　外から見えるようにレンフィールド社のロゴ入りステッカーが貼ってある。井原は口ごもるしかなかった。「じつは未契約なんです。ステッカーがネットオークションに安く出品されてたので」

「よくないですね」オドネルがじっと見つめてきた。「レンフィールドと契約してるように見せかければ、強盗が襲ってこないと思ったんですか。吊《つ》り下げタイプの虫除けじゃないんだから」

「駄目ですか」

「商売に余裕がないのはわかりますが、なら一万ドルもの現金を、どうして店内に置いといたんです?」

「なにかあったときのために、常に用意しておこうと考えまして」

「あなたと娘さん以外に、そこに大金が入ってることを知ってた人は? 客がいるときに開け閉めしてませんよね」

思わず言葉に詰まった。だがむしろ答えははっきりしている。井原はつぶやいた。

「ほとんど意識していませんでした。手提げ金庫にはレジや棚の鍵《かぎ》も入ってるので、お客さんがいるときにも開けていたかと」

オドネルが唸《うな》って、カウンターのなかの手提げ金庫を眺めた。「そこに置いてあるんじゃ、店内にいる客からは札束が見てとれたでしょうね」

「ええ。たぶん……」

「ずっとそうしてきたのなら、大金の存在を知る人間も複数にのぼるでしょう。失礼ながら、小売店を経営するお立場としては、ずいぶん迂闊《うかつ》でしたな。あなたや娘さんに怪我がなくてよかった」

井原は店の隅に目を向けた。佳奈美は毛布にくるまり、パイプ椅子に腰かけている。チャモロ人の女性警察官が身をかがめ、佳奈美に話しかけていた。いまだ恐怖がおさまらないようすの佳奈美が、蒼《あお》ざめた顔で女性警察官を見かえす。あるていど英語はききとれるだろうが、返答がままならないらしい。佳奈美は沈黙し、小さくうなずくばかりだった。

娘を怖い目に遭わせてしまった。一万ドルを失ったことより、そちらのほうがずっと罪深かった。なにもできなかった無力感にもさいなまれる。

オドネルがいった。「このお店の看板、ＹＵＭＩと書いてありますね」

「妻の名です」井原は応じた。

「奥さんはどちらにおいでですか」

「故人ですので……」

「ああ」オドネルの表情は変わらなかった。「お気の毒です」

「あのう」井原はオドネルを見つめた。「ナイフを持った強盗がふたり押し入ったんですよ。どうしても捕まえてほしいんです」

「警察としても全力で取り組みますよ」

「この状況が全力なんでしょうか」

オドネルがため息をつき、片方の眉を指先で掻《か》いた。「井原さん。グアムはちっぽけな島ですが、去年だけでも強盗は百件以上起きてます。われわれとしては被害状況を把握し、情報収集に努めておくことが、検挙につながるとの考えです」

「強盗犯を積極的に探してくれるわけじゃないんですか」

「積極的とおっしゃると？　署を挙げて捜査員の大半を動員し、島じゅうをしらみつぶしに探すとか、そういう意味なら答えはノーです。観光客が殺されたとか、そんな事態であれば島の観光産業に大打撃なので、鶴のひと声で大規模な捜査の予算が組まれるでしょう。しかし……」

「私も娘も殺されるところだったんですよ」

「お察しします。偶然入店した客も、強盗が逃げていくのを目撃してますから、被害の実態はあきらかです。娘さんをいたわってあげてください」

「この店のテナント料は前払いなんです。移動販売車ならともかく、ほかの場所へ引っ越すとなると費用がかさみます。今後もここで営業しなきゃいけないんですよ」

「強盗にふたたび狙われるのが不安だとおっしゃる？　お気持ちはわかりますが、あるていどは自衛してください。犯罪が根絶されることはありえませんから」

会話するうち、身に染みてわかってきた。ここはアメリカの準州だ。警察も日本とは異なる。交番勤務の巡査が道行く人に親切にしてくれる国ではない。いや日本でも、外国人となれば対応が変わってくるだろう。グアムにおいて永住権の獲得にさえ至っていない日本人。就労ビザで滞在し、店を開いている。それが井原の立場だった。自己責任を求められるのも、やむをえないことかもしれない。

エントランスで女性警察官が声をあげた。「ちょっと。いまは入店できません」

戸口に見慣れない男が立っている。褐色の髪を七三分けにした、スーツ姿の白人だった。手にはブリーフケースを提げていた。客ではなさそうだと井原は思った。かといってつきあいのある業者でもない。

井原は男に歩み寄った。「なにかご用でしょうか」

男がぶっきらぼうに応じた。「レンフィールド社の営業担当でアルビストンといいます。この店のオーナーさんですか」

「そうですけど」井原は不安をおぼえた。「ステッカーの件ですか」

「ええ。テナントの大家さんから電話がありましてね。なぜ警備員が駆けつけないのかとのご指摘でした」

大家からレンフィールドとの契約について問いただされたことはない。井原もなにもいわなかった。おそらくステッカーが貼ってあるのを見て、店が自費で防犯警備と強盗保険の契約を締結済みと思ったのだろう。保険金が下りなければ家賃収入が滞る、大家の心配はそこにあったのかもしれない。

井原はたじたじになった。「すみません。そのう、勝手に……」

「わが社のステッカーは、契約者以外に提供しておりません。どこで入手されたか知りませんが、盗品の疑いをかけられてもおかしくありませんよ」

「ネットで売ってたんです。たぶん契約した人が、余ってるステッカーをオークションにだしたんですよ」

「契約者がステッカーを他者に売るのも禁止しています。あなたが法に問われることはないと思いますが、倫理的に問題があるでしょう」

「すみません」

「ただちにステッカーは剝《は》がしていただきますが、また強盗に押し入られたら問題です。どうですか。この際、実際にわが社と契約なさっては?」

「お申し出はありがたいのですが、いまのところ店の経営にも四苦八苦でして、契約料はとても」

アルビストンがいっそう冷やかな表情になった。「防犯のための経費をけちって、このような事態を招いたことを理解しておられますか。お嬢さんのためにもならんでしょう」

店の隅で震える佳奈美に、目ざとくも気づいたらしい。オドネル警部がやれやれという顔で、アルビストンを追い払うべく出張《でば》ってきた。ふたりが押し問答するなか、井原は申しわけない気持ちで佳奈美を眺めた。佳奈美の泣き腫《は》らした目が、ただ虚《うつ》ろに見かえした。

3

強盗被害ののち、井原はずっと店を開けなかった。

自宅はタムニングのはずれにあるコンドミニアムだった。そこで佳奈美とともに、引き籠《こ》もりも同然に過ごした。

仕事はないわけではない。毎日メールのチェックを欠かさなかった。ロサンゼルスの卸し問屋との商談がまとまりつつある。うまくいけば扱えるブランドが一気に増えそうだ。レア物のスニーカーが買える店として躍進が期待できる。

もっともそれは通常営業に戻れたらの話だ。しかも懸念材料は店の経営ばかりではない。娘からの信頼を損なった気がしてならなかった。

防犯対策を甘く考えていたせいで、佳奈美を危険な目に遭わせてしまった。井原は娘に心から詫《わ》びた。佳奈美はそのうち微笑を浮かべ、気にしてないから、そうささやいた。ステッカーの件についても、予算に余裕がないのだから仕方ないと理解をしめしてくれた。事件のショックはまだ尾を引いているはずだが、父親に心配をかけまいと気丈に振る舞っている。そんな娘にいっそういたたまれなくなった。

娘のやさしさに応《こた》えるためにも、商売を軌道に乗せ、グアムでの生活を問題なく送れるようになりたい。できれば春学期が始まる前に。

四日が過ぎ、オドネル警部から電話があった。井原は娘を連れ、クルマでバリガダのティージャンにあるグアム警察署へ向かった。

通された小部屋で、テーブルの上を見た瞬間、井原は凍りついた。目出し帽、それに濃紺のTシャツが置いてある。まぎれもなく強盗が身につけていた物だった。

オドネルは佳奈美にきいた。「あなたの見解も、お父さんと同じですか？」

佳奈美の顔から血の気がひいていた。目出し帽を見つめながら何度もうなずく。恐怖にとらわれるのも当然だった。濃紺のTシャツを着た男は、佳奈美にナイフを突きつけていた。

犯人はふたりだったが、ここに目出し帽はひとつしかない。井原はオドネルに質問した。「どこで見つかったんですか」

「ウマタックのほうに、いわゆるスラム街がありましてね。フィリピン系移民を中心とする貧しい人々が生活してます。失業者がほとんどで、不法滞在者も多く、勝手に資材を持ち寄って建てた小屋がひしめいてるんです。そのなかの一軒に、アンジェロ・メンドーサという二十一歳の男が住んでました」

「強盗のうちのひとりですか」

「そう思います。ただし自白したわけではありません。強盗は手袋を嵌《は》めていたので、指紋の照合もできませんね。取り調べも不可能です。すでに死んでますから」

井原は息を呑《の》んだ。「死んだ?」

「首吊《つ》り自殺です。近隣住民の通報であきらかになりました。警察が小屋のなかを捜索したところ、これらが見つかったわけです。ナイフもありましたよ。ご覧になりますか」

同意するより早く、制服警官がビニール袋に入ったナイフを持ちこんできた。丹念に観察するまでもなかった。あの日の光景は忘れられるものではない。濃紺シャツの強盗が手にしたナイフは、赤シャツのものより長かった。刃渡りも形状も、記憶のなかのナイフと完全に一致した。

同時に疑問が湧いてくる。井原はオドネルにきいた。「なぜ自殺したんですか」

「このメンドーサなる男には前科がありません。近隣住民の話でも、いたって小心者らしいんです。身寄りもない無職ですが、臆病風《おくびょうかぜ》に吹かれがちで、店を襲うなど考えられないとか。そんな輩《やから》が強盗に誘われ、その気になって犯行に及んだ結果、罪の意識にさいなまれたのかもしれません」

「いま強盗に誘われたとおっしゃいましたが」

「同世代のワルがメンドーサの住む小屋に出入りするのを、近隣住民が目撃しています。メンドーサを誘ったのはその男でしょう。小屋のなかに残った指紋から身元が割れました。未成年のころ窃盗で捕まった過去があり、署にも記録が残ってたんです」

「誰ですか」

「氏名はまだ明かせません。被疑者として確定したわけではないのでね。いずれ捕まれば、強盗の件もはっきりするでしょう」

「赤シャツの強盗は、目出し帽もナイフも、いまだ所持したままですか」

「そういうことです。男が捕まったとき、それら証拠品が押収できれば、すべてが裏付けられます」オドネルは井原の不安な顔に気づいたらしい、平然とした口調で告げてきた。「どうかご安心を。狭い島です、そのうち所在も判明しますよ」

いずれ捕まれば。男が捕まったとき。そのうち所在も判明しますよ。オドネル警部の物言いは、すべて他人《ひと》ごとにきこえた。警察が組織をあげて赤シャツの行方を追い、逮捕するという気概を感じられない。そんな意識は端《はな》からないのだろう。グアムでは期待するだけ無駄かもしれなかった。

それでも容疑者のひとりが自殺、もうひとりも身元が特定されたという情報は、やはり安堵《あんど》につながった。いくらか気も楽になった。店は閉めたままだが、外出したついでに、棚の整頓《せいとん》を進めておくのも悪くない。井原はそんなふうに思った。クルマでコンドミニアムに帰る前に、店に寄ることにした。

佳奈美も手伝うといった。自分をナイフで脅した濃紺シャツが死亡したと知り、ショックを受けたのではと心配したが、むしろほっとしたようすだった。脅威が消えたのだ、当然のことかもしれない。

気持ちを切り替えたい、佳奈美はそうつぶやいた。井原も妻の名を冠した店を眠らせておくのは心苦しかった。営業再開に向けて動きだすことが、父と娘にとってのリハビリになるだろう。

店内の整頓と清掃を終え、裏口から外にでた。すっかり日が暮れている。佳奈美とともに近くの駐車場へと歩きだした。また不安が頭をもたげてきた。

辺りはひっそりと静まりかえっているが、そう遠くないところに、プレミア・アウトレットの紫がかった照明が見える。まだフードコートの営業時間内だ。大勢の客が出入りしている。けっして物騒な夜間に出歩いているわけではない。

自分の胸にそういいきかせながら、駐車場内に歩を進めていくと、行く手に人影が飛びだしてきた。

佳奈美が悲鳴をあげた。井原も恐怖に立ちすくんだ。

目出し帽の男だった。黒の長袖《ながそで》シャツに黒のスラックス。手にはナイフではなく、小ぶりのリボルバー拳銃《けんじゅう》が握られていた。

男は腕を振りあげると、銃床で佳奈美の顔を殴打した。佳奈美はその場に突っ伏し、ぴくりとも動かなくなった。

井原は衝撃を受け、娘に駆け寄ろうとした。「佳奈美」

「よせ」男がいった。「立ったまま両手をあげろ」

悲痛な思いが押し寄せる。井原は震える声を絞りだした。「なんでこんなことをする。もう私たちにかまわないでくれ」

「だまれ」男が語気を荒らげた。「一万ドルをよこせ。でなきゃおまえは終わりだ」

「なんだと？　もう一万ドルほしいってのか。とんでもない。うちは火の車なんだ」

「おまえが金持ちじゃないのはわかってる。店がたいして儲《もう》かってないのもな。だから利息は二百ドルにしておいてやる。さっさと一万ドルを用立てろ」

発言に意味不明なところがある。だがそれについて問いただすより、男の素性をたしかめるべきだ、そんな思考が脳裏をよぎった。佳奈美は依然として地面に横たわったままだった。娘のためになにもできない父親でいいのか。勇気を振り絞ってでも一矢報い、強盗犯の正体を暴くべきではないのか。

脈拍が激しく波打つのを感じる。井原は男にたずねた。「もうひとりはどうした」

「あいつはもういない」

「死んだのか」

男が息を呑む気配があった。「なぜそんなことをきく」

「アンジェロ・メンドーサは自殺したんだってな。彼を強盗に誘ったのはあんただろう」

目出し帽で顔を覆っていても、表情の変化が浮き彫りになる、それほど明確に焦燥のいろが浮かんだ。図星にちがいなかった。男はあわてぎみに拳銃を佳奈美に向けた。

「余計なことを喋《しゃべ》るな。でないと娘を……」

全身の血管が凍りつくようだった。いまにも銃の引き金を引き絞ろうとしている、そう見えた。井原は駆け寄ろうとした。銃撃を受けてもかまわない、そう思った。

ところがそのとき、クルマのエンジン音を耳にした。男がはっとしたようすで顔をあげる。井原もその視線の先を追った。

駐車場の出入り口付近、大型のセダンが路側帯を徐行している。キャデラックのようだ。ヘッドライトを灯《とも》しながら、出入り口前をゆっくりと横切る。運転席からこちらのようすをうかがっている、そんなふうにも見えてくる。目出し帽の男の反応から察するに、仲間とも思えない。ドライバーは暗闇のなか、不審な人影に気づいたのだろうか。

次の瞬間、セダンはタイヤをきしませながら急転回し、駐車場のなかへと乗りいれてきた。まっすぐこちらに向かってくる。ヘッドライトの放つ強烈な光が、辺りを真っ白に照らしだした。

にわかに明るみを増した駐車場で、目出し帽の男が動揺をしめした。ふたたび井原に拳銃を向け、早口にまくしたてた。「一万ドルだ。明日《あした》の午後四時までに店を開けろ。取りに行くからな、用意しとけよ。警察には絶対に知らせるな。指示に従わなかったら、娘がどこにいようと八つ裂きにしてやる」

セダンが間近に迫った。目出し帽の男は、あのときの店内と同じように身を翻し、逃走していった。丸めた背が闇のなかへと消えていく。

井原は佳奈美のもとにひざまずいた。仰向《あおむ》けにして抱き起こす。佳奈美は軽い痙攣《けいれん》をしめし、かすかに呻《うめ》き声を発した。失神しているようだ。頬には無残な痣《あざ》が見てとれる。井原は娘に呼びかけた。佳奈美。

停車したセダンのドアが開き、人影が降り立った。井原は視線をあげた。警官ではないらしい。スーツを着た男は、白髪頭の高齢者だった。ヘッドライトの光が、顔面に深く刻まれた無数の年輪を浮かびあがらせる。面立ちからするとアジア人のようだ。しわがれた日本語が語りかけてきた。「お困りかな。よければ手を貸しましょう」

井原は驚きとともにきいた。「どなたですか」

「ゲンゾー・ヒガシヤマといいます。なにやら揉《も》めごとが見えたのでな」

「この暗闇のなかでですか？」

「仕事柄、夜目は鍛えとる」ゲンゾーは落ち着いた態度をしめしながら、佳奈美を眺めていった。「まずは救急車を呼ばんと」

4

夜九時すぎ、レイ・ヒガシヤマはサリーン・マスタングを飛ばし、とっくに営業時間を過ぎた職場へ向かった。タモンのライブハウス・グアムに友人らと集まっていたが、一杯目のカクテルに口をつける寸前、父デニスから呼びだしが入った。祖父ゲンゾーも事務所にいるとなれば、無視して飲みつづけられない。

マイクロネシアアモール近くにあるアーリーアメリカン調の平屋建て、イーストマウンテン・リサーチ社に着く。クルマを裏手に停めるまでに、レイはあらましを理解できていた。事務所内での会話をデニスがスマホで中継してくれたからだ。レイは運転しながら、ハンズフリーイヤホンの音声に耳を傾けてきた。同席して説明をきいたのと変わらない。強いていえば、依頼人の顔だけは確認できていなかった。対面はこれからだ。

事務所に入ると、ゲンゾーとデニスはそれぞれのデスクにおさまっていた。カウンターをはさんで、四十代後半の日本人男性が悄気《しょげ》たようすでソファに座る。彼が井原哲久だろう。父の上着を羽織った佳奈美は、すぐ隣りで小さくなっていた。頬には殴られた痕《あと》がある。内出血らしい、そのうち治る。ふたりの前にはコーヒーカップが置いてあったが、まるで手つかずだった。

救急車を呼ばなかったのは井原の希望らしい。警察に知らせると娘に危害が及ぶかもしれない、井原はそう考えたという。佳奈美が回復したこともあり、ゲンゾーがふたりをここに連れてきた。すでにデニスが知り合いの医師に連絡をとり、夜間診療の段取りをつけている。一時間後には念のため佳奈美を病院へ案内する。もちろん事件について医師から警察への通報は控えてもらう。いつもどおり水面下の交渉で折り合いがついた。

デニスがレイを井原に紹介した。「さっき話した息子です。三代揃って力になりますよ」

井原は恐縮のいろとともにつぶやいた。「こちらの噂はきいたことがあります。日系人がご家族で経営なさっていて、日本人も相談しやすいとか。でも探偵事務所への支払いとなると、いまの私にはちょっと」

ゲンゾーが渋い顔で井原を見つめた。「気にせんでください。困ったときはお互いさまです。しかしあなたもレンフィールド社の偽ステッカーじゃ、防犯効果は得られないと痛感なさったでしょう。トラブルを乗り越えたうえで、お店の経営がうまくいってからで結構。うちと警備の契約を考えてくださらんか。強盗についての調査費は現時点でサービスしましょう」

レイは純粋に驚いた。「無償で仕事するなって、じっちゃんはいつも信条を口にしてたのに」

ろうな」

「たわけ」ゲンゾーがしかめっ面を向けてきた。「同じ日本人だ、助けあわんでどうする。まさかおまえ、クオーターだから四分の三しか協力できんというんじゃないだろうな」

デニスが肩をすくめた。「なら俺は半分でいいのか」

ゲンゾーの眉間《みけん》にさらなる皺《しわ》が寄った。「おまえら、真剣に人の話をきかんか」

「冗談だよ」デニスは苦笑ぎみにいった。「それにしても親父が駐車場での異変に気づいてよかった。井原さん、危なかったですね」

するとゲンゾーが得意げに目を剝《む》いた。「あのへんの地主から、車上荒らしが多発しとると相談を受けておったからな。行き帰りには警戒しておった」

井原が困惑顔できいた。「車上荒らしも起きているんですか」

レイはうなずいてみせた。「日常茶飯事ですよ。恋人岬に停めた観光客のレンタカーがいちばん狙われます」

「治安が悪いのは、もっと田舎のほうかと……」

「Tギャレリアの前だろうと、ひったくりの被害はあります。タモンのホテル・ロードもちょっと西へ行けば、暗がりでノックアウト強盗が多発してます。近くに交番があるのに、まるで頼りになりません」

「そうなんですか」井原は失意の表情を浮かべた。「治安もよさそうだし、起業に向いてるかと思ったんですが」

「観光地の治安は悪くないと喧伝《けんでん》されるものです。残念なことにグアム警察の犯罪検挙率は、アメリカ本土の三分の一ていどです。窃盗被害じゃ動いてくれないし、たとえ強盗に遭ったとしても、井原さんが経験されたとおりです」

井原がため息をついた。「妻の名を店名にするなんて、やめておけばよかった。ずっと店も開けられず、亡き妻への罪悪感ばかりが募ります」

しばし沈黙があった。佳奈美が喉《のど》にからむ声でささやいた。「わたしはお母さんの名前でよかったと思ってるよ」

父と娘が顔を見合わせる。互いにかすかな感慨のいろを浮かべていた。親子で通じあう心情もあるのだろう。

デニスが穏やかにいった。「そう落ちこまないでください。グアムはいい島ですよ。犯罪は地球上のどこでも起きます。被害に遭ったらその都度、打開策を見いだせばいいんです」

「でも」井原がデニスを見つめた。「強盗の件は、地元紙に報じられてしまいました。商売人としての私の信頼は失墜しました」

「事件が解決すれば信頼は回復できます」

レイは井原の向かいに腰かけた。「いくつかわからないことがあります。一万ドルを奪った強盗が、ふたたびあなたの前に現れて、さらに一万ドルを要求したんですよね？ 通常じゃ考えられないことですが」

「ええ」井原が困り果てたようすで見かえした。「まったくもって理解不能です。手提げ金庫には、札束がひとつしか入ってませんでした。強盗犯も私が金持ちでないと知ってるようです」

「その強盗犯ですが、以前に客として来店した可能性はありますか？」

「手提げ金庫の中身を知っていたからには、覗《のぞ》き見《み》したのだと思います。ただし、あいう痩《や》せた体型の若者となると、大勢が店を訪ねてるので」

「利息が二百ドルという発言も奇妙です。銀行以外の民間金融に借金でもおありですか？」

「とんでもない。おかしな筋から金を借りてはいません。二百ドルの利息だなんて、なんのことかさっぱり」

「店に強盗が入ったとき、渡した札束はたしかに一万ドルありましたか。二百ドル足りなかったってことは？」

「考えられません。直前に業者への支払いを済ませ、補充したばかりでした。しっかり数えましたし、強盗犯のふたりが入ってくるまで、私はカウンターをでていませんし」

デニスがレイを見つめてきた。「たとえ札束が不足していたとしても、利息だなんて言い方は変だ。奪った一万ドルに加え、さらに一万ドルを要求しておきながら、たった二百ドルを気にしてるのもひっかかる」

同感だった。レイはつぶやいた。「強盗犯が明日《あした》また店を訪ねると宣言してるのもね……。佳奈美さんを人質にとっているわけでもないのに、傷つけると脅すだけで、井原さんが金を払ってくれると考えてるのか。あまりにお花畑な強盗だよ」

井原がしょんぼりとしていった。「私が弱腰すぎて、すっかりなめられてるんです」

「いや」レイは立ちあがった。「そんな単純なことじゃありませんよ。アンジェロ・メンドーサが自殺したという点も気になります。いかに小心者でも、強盗で大金を手にした直後に首吊《つ》りなんて」

「まさか殺されたとか……?」

「そうは思いません。グアム警察には怠け癖がついてますが、検死はしっかりおこなうでしょう。自殺と他殺はまず明確に識別されます。とりわけ首吊り自殺を偽装した殺人は発覚しやすいんです」

デニスが腕組みをした。「担当はオドネル警部か。アンジェロ・メンドーサを強盗に誘った主犯格を、警察はすでに割りだしてる。警部に会って名前をきこう」

井原が驚いた顔をデニスに向けた。「そんなことできるんですか」

「日本の探偵とはちがいます。あなたから正式に調査の依頼を受けた以上、私立調査官として警察から情報の提供を受けられます。むろん制限はありますが、この場合はだいじょうぶでしょう」

ゲンゾーがデニスを見つめた。「おまえとレイで行ってこい。俺は井原さん親子をガードする」

「親父」デニスが顔をしかめた。「歳を考えなよ。これからふたりが病院へ行くのに付き添って、コンドミニアムの前にクルマを停めてひと晩張り込み、明日は店へついていくんだぞ。俺がやるよ。警察へは親父とレイで行けばいい」

すると佳奈美が、遠慮がちにレイにたずねてきた。「うちの外で見張ってくださるんですか」

「ええ」レイは応じた。「俺じゃなく父が」

佳奈美の表情が曇りがちになったのを、レイは見てとった。デニスも気づかないはずがない。実際、デニスは複雑な面持ちで頭を掻《か》いている。

ゲンゾーがからかうようにいった。「デニス。歳を考えろ。お嬢さんは、若く潑剌《はつらつ》としたイケメンをご指名だ」

デニスが苛立《いらだ》った声を発した。「親父」

レイは苦笑しながら佳奈美を見つめた。「心配ありません。なら明朝まで、俺も身辺警護につきあいますから」

5

レイはデニスとともに、コンドミニアム前に停めたクルマのなかでひと晩を過ごした。一睡もせず警戒にあたったが、付近に怪しい人影はなかった。

やがて夜明けを迎えた。井原親子は午後四時までに店へ向かうことになる。見張りはデニスにまかせ、レイは祖父ゲンゾーと合流し、グアム警察署へ足を運んだ。

オドネル警部とは、刑事部屋の外周を囲むカウンターを挟んでの面会になった。厚みのある捜査資料のファイルを据え、オドネルが醒《さ》めた口調でいった。「わかってますよ、ヒガシヤマさん。もし私がこれらをお見せしないといったら、あなたがどうおっしゃるかを。グアム警察は準州政府の一機関にすぎない、庶民の味方は探偵だと」

ゲンゾーがあっさりとうなずいた。「そのとおりだろう。アメリカでは古くから、治安維持は民衆みずからの務めとされてきた。私立探偵は保安官や賞金稼ぎの発展形といっていい」

「現代は西部開拓時代とちがいます。カウボーイが撃たれて死ぬのが当たり前の環境でもない」

「カウボーイはめったに射殺されとらん。ほとんどは鐙《あぶみ》に足をかけたときに絡まってしまい、馬に引きずられて死んだ」

レイはオドネルに対し皮肉を口にした。「じっちゃんは歴史にも詳しくて」

オドネルがむっとして睨《にら》みつけてきた。「ご先祖さんたちが万里《ばんり》の長城《ちょうじょう》を築いただけのことはある。梯子《はしご》をかければ簡単に乗り越えられそうだけどな」

日本人と中国人を意図的に混同してみせるのは、西洋人が好む嫌味の常套《じょうとう》手段だった。レイは動じなかった。「馬は梯子を登れない。万里の長城は馬賊の侵入を防いでたんだよ」

いっそう苦々しい表情になったオドネルが、ため息とともにファイルを開いた。大判に引き伸ばされた写真が挟んである。「こいつがアンジェロ・メンドーサの友人。

氏名はジェローム・バウティスタ、二十二歳。住所は不定で、定職にもついてない。未成年のころ窃盗で逮捕」

開襟シャツ姿の痩せた男が写っていた。黒髪は短く刈りあげ、大きな黒目を有する。痩せこけているせいか、頬骨と下顎《したあご》が異常なほど浮きあがって見える。鼻は逆に低く、顔つきは総じてゴリラに近い。

ゲンゾーがオドネルにきいた。「ほかにメンドーサの交友関係は？」

オドネルは首を横に振った。「なさそうです。メンドーサの住んでいた小屋に出入りした唯一の男です。小屋の内部からも指紋が検出されてます」

「ではこのバウティスタという男が、強盗の主犯格で確定かな」

「それが、多少ひっかかることが」オドネルの表情が険しくなった。「ファイルのなかにあったタブレット端末をタップした。「メンドーサはバウティスタぐらいしかつきあいがなかったようですが、バウティスタのほうには遊び友達が大勢いました。そのうちのひとりが撮ったものです」

ビアガーデンの動画だった。陽が傾きかけている。屋台を囲んで簡易式のテーブルが広範囲に並び、ジョッキを傾ける若者たちで賑《にぎ》わう。歓声がこだまするなか、激しく揺れる画面に、バウティスタの姿が映っていた。女の肩に手をまわしながら、さも機嫌よさそうにタバコを吹かしている。鼻歌はでたらめで音階を外れ、耳障りなほどの下手さ加減だった。

画面の隅に表示された日時は、井原の店にふたりの強盗が押し入った、まさしくその時間内だ。場所はハガニアのスペイン広場だとわかる。背景にヨハネ・パウロ二世像が映りこんでいた。

オドネルがいった。「映像に記録されている日時が正確かどうか、ビアガーデンの従業員らにたずねました。みなその日の夕方にいた客だと証言してます。もっとも三十分や一時間のずれまでは、たしかなことがいえないはずです。何年も前なら事情もちがったでしょうが」

ゲンゾーが神妙にうなずいた。「バウティスタはアリバイを作ろうとして、わざわざここで撮らせたんだな。無知ゆえの愚行だ」

レイもその意味を理解した。かつてヨハネ・パウロ二世像は少しずつ回転する仕組みだった。二十四時間で一周するため、どこを向いているかで何時何分かを割りだせた。鑑識ならほんの少しの角度のちがいも映像から解析するだろう。いわば時計の文字盤と同じだった。

いまはもうヨハネ・パウロ二世像は動かない。数年前、グアム博物館を向いた状態で固定された。バウティスタはそれを知らなかったようだ。

動画にスーパーインポーズで記録された日時の表示は、正確だったとはかぎらない。すなわちこの映像は、強盗が店に押し入ったのと同時刻に、バウティスタがビアガーデンにいた証明にはならない。

とはいえバウティスタがあくまでアリバイを成立させるつもりだったのなら、彼は強盗の発生時刻を事前に知りながら、みずからは手を下さなかった可能性が生じる。

オドネルが咳《せき》払いをした。「それでもバウティスタは怪しい。強盗があった日の翌日、こいつは売春宿の経営者から借りた八千ドルを返済してるんです。もともと借金を抱え首がまわらないはずが、このときもビアガーデンで景気よく友人らに酒を奢《おご》ってる」

ゲンゾーが鼻を鳴らした。「一万ドルの儲《もう》けのうち八千ドルか。メンドーサが死んで、バウティスタが金を独占したと考えればつじつまが合う」

オドネルは不本意そうにゲンゾーを見かえした。「メンドーサの死が自殺なのはたしかですよ」

「だろうな。よければメンドーサが住んでいた小屋とやらを調べたいんだが」

「できればご遠慮願いたいですな。いまのところはいちおう警察の管理下にあるので」オドネルはそういいながらも、あきらめに似た態度をしめしていた。「どうせ聞く耳を持ってはもらえんでしょうが」

「まあな」ゲンゾーは嘲《あざけ》るように応じた。「万里の長城ぐらい、梯子がありゃ乗り越えられるからな」

6

グアムで探偵を生業《なりわい》にしていれば、島内のスラム街にも詳しくなる。大半は以前、海岸沿いの漁村だった。やがて漁猟が衰退するとともにゴミの投棄場になり、そこから廃品回収で食いつなぐ貧民が住み着きだした。かつてホテル建設ラッシュ時に、労働者として島に入ったフィリピン人らが、そのまま滞在しつづけているケースが多い。

曇り空の下、区画内には異質な光景がひろがる。トタン板やビニールが覆うバラックの建ち並ぶ隙間を、おびただしい量のゴミが埋めている。悪臭が蔓延《まんえん》し、そこかしこを蠅が飛び交う。だがゲンゾーはかまわずスーツ姿で突き進んでいった。レイもその後につづいた。ふたりともマスクはしていない。ここの住民に失礼にあたる。

黄いろいテープが張りめぐらされたバラックは、ほどなく目についた。アンジェロ・メンドーサの住居だ。ゲンゾーがテープを断ち切り、段ボール製の扉を開け、なかに踏みいった。床は剝《む》きだしの土だが、そうとわからないぐらい大小のゴミが堆積《たいせき》する。ただし三フィート四方のみ、きれいにゴミが除去された箇所がある。梁《はり》の真下だった。そこに死体がぶら下がっていたのだろう。

これがふつうの家屋なら、変死体が見つかった時点で、家具から雑貨まであらゆる遺留品が検証される。だがここにあるゴミのほとんどは、触れたようすもなく放置してあった。せいぜい写真に撮ったていどだろう。警察の捜査もいい加減だったとわかる。探偵にとっては、調べがいのある現場といえた。

ゲンゾーが身をかがめ、ゴミをどかした。レイもそこを覗《のぞ》きこんだ。地面に焦げ跡がある。おびただしい量の灰が溜《た》まっていた。燃えかすの一部は残っている。数枚の切れ端から察するにメモ用紙のようだ。ただし残留した範囲内には、なにも書かれていない。

灰のなかには黒焦げの小さな物体も埋もれていた。横三インチ、縦二インチとクレジットカードよりひとまわり小さく、厚みは〇・二インチ。炭化した表層をこすると、外殻がスケルトン仕様のプラスチックとわかった。内部の小型基板とボタン電池が見えている。液晶画面とボタンのほか、内蔵スピーカーを備える。ゲンゾーがボタンを押したが、無反応だった。とっくに壊れているようだ。

ゲンゾーがつぶやいた。「見慣れん物だな」

レイはいった。「カード型の電子メトロノーム兼チューナーだよ」

「ふうん」ゲンゾーが老眼鏡をかけ、物体の裏表を眺めまわした。「こんな暮らしのなかで、メンドーサが音楽をやっとったとは思えんな。バウティスタも楽器とは無縁だろう。音痴のミュージシャンは多いが、あいつの鼻歌はメロディの基本すらわかっとらん」

「ビアガーデンにいたのがアリバイ作りのためなら、バウティスタはほかの人間に強盗を代行させたのかも。その第三の男がギターでも弾くのかな」

「なんともいえん。ヨハネ・パウロ二世像が動かなくなっとって、厳密な時刻がはっきりせんのでな。バウティスタ自身が強盗を働いた可能性も捨てきれん」

カード型メトロノームの品番がうっすら読みとれる。レイはスマホで検索してみた。

検索結果はすぐに判明した。レイはため息をついた。「新品でも二十ドルていどだな。何年も前から山ほどでまわってる。価値もなければめずらしくもない」

「いろいろ特定は困難なわけだ」ゲンゾーはカード型メトロノームを手にしたまま、小屋の外へと向かいだした。「だがどこから入手したか、調べんわけにはいくまい」

「入手って」レイはゲンゾーの後を追った。「こんな物、ゴミの山から拾っただけだろ」

「じゃなぜわざわざ燃やす？　それも燃え尽きとらんのに放置してある」

「たしかに不自然ではあるよな」

「メンドーサがもともと欲していたとすれば、偶然ゴミのなかから拾えたとは考えにくい。牛乳の空パックや古新聞ならいつでも手に入るが、カード型メトロノームだぞ。望んでもなかなか見つからん。そんなときはどうする？」

「持っていそうな人間を探して、取引を持ちかけるか」

「そのとおりだ。スラム街といえど商売を営んでる者も多い。むしろ廃品の売買こそが生活を支えとる。いちいち品定めして値踏みしとるから、なにを扱ったかも連中の記憶に残りやすいはずだ」

商売人を求めさまよう必要はなかった。スラム街の住民の半分以上が、バラックの前にがらくたを並べ、なんらかの店を開いている。ゲンゾーは一軒ずつあたり、カード型メトロノームについてたずねた。そのあいだレイは周囲に警戒の目を向けつづけた。身綺麗《みぎれい》な高齢者がスラム街をうろついている以上、いつ襲撃されないともかぎらない。強盗を追っていた探偵が、強盗被害に遭ったのでは洒落《しやれ》にならなかった。

ゴミだらけの小屋で見つかったカード型メトロノームに、なぜそこまで固執するのか。探偵でなければ理解不能にちがいない。レイにはわかる気がした。警察がなにかを見落としたからこそ、事件は解決に向かわない。手がかりは灰のなかに落ちている。わざわざ火をつけたからには理由がある。たとえ取るに足らない真相だったとしても、それを突きとめるまでの過程に、数々の知られざる事実が浮き彫りになる。探偵の基本だと父から習った。父も祖父から教わったことだろう。

ただし調査がスムーズにいくとはかぎらない。無数の露天商を渡り歩いたものの、まるで成果なしだった。腕時計を見ると、午後三時をまわっている。強盗が指定してきたのはきょうの午後四時。残り一時間を切っていた。調査は後まわしにし、店へ急ぐべきではないのか。

スラム街の真んなかでレイはぼやいた。「これじゃ埒《らち》が明かないよ。じっちゃんは辛抱強いね」

「本土で警察官だったころはヒッピー村を巡回したもんだ。危険がいっぱいでな。キリスト教の価値観を否定したがる連中も多くて、そういう場所へはいつも真っ先に行かされた」

「どうして？」

「そいつらは東洋の思想やら宗教やらを崇拝してたから、日本人なら安全だと上が判断した。実際にはヒッピーどもにとって警察官は誰でも同じだ。制服を見れば生卵を投げつけてくる。頭にきてな。卵をひったくり、手で割って黄身を食ってやった」

「あー」レイは苦笑した。「日本人は生卵を食うからね。アメリカ人にとっては信じがたい行為だろうけど」

「若者らはドン引きだった。同僚もな。おかげで孤立した」

「LSDをやってる連中に引かれたくないね。黄身を食ったぐらいで」

ふと音楽がきこえてくるのに気づいた。チャモロ人の詠唱《チャント》だった。露天商が連なる一角で、ふたりの老人が手を叩《たた》き、足を踏み鳴らしている。老人らは踊りながら交互に一フレーズずつ歌った。

彼らの店は小型の電子機器類を扱っていた。薄汚れたデジタル式目覚まし時計、古びたテレビのリモコン、時代遅れの電卓、壊れかけのキッチンタイマーなど、雑多な品々が並ぶ。楽器こそ見当たらないが、店主が音楽好きとなれば、それなりに期待できる。レイはゲンゾーとともに歩み寄った。

声をかけると、ふたりの老人のうちひとりが応じた。ゲンゾーが自己紹介しながら握手を交わす。老人も名を告げた。サントスというらしい。蠅が絶えず顔を這《は》っているが、本人は気にするようすもない。

サントスはカード型メトロノームを見るなり、不機嫌そうに告げてきた。「悪いが、うちの商品は非保証でな。ノークレーム、ノーリターンでお願いしたい」

ざわっとした感触が駆け抜ける。レイはサントスにきいた。「これ、あなたが売ったんですか」

「そうとも。だが」サントスはレイとゲンゾーをかわるがわる見た。「あんたらに売ったんじゃないな」

「いや、焦がしてしまったんです。そんなに黒焦げでもなかった」

「なぜそんなことをきく？　ひょっとしてお巡りか？　だとしたら口はきかん」

ゲンゾーがなだめるようにいった。「警察官だったのはむかしの話だ。いまは探偵をやっててな。どうしてもこれについて知りたい」

サントスがなにかをいいかけたとき、ゲンゾーは二十ドル札を取りだした。

するとサントスが態度を和らげた。「なにを知りたいって？」

「いくらで売った？」ゲンゾーがたずねた。

「二ドルだといったんだが、五十セントしかないと値切られた。せこい奴だ」

誰に売ったかより先に、まず値段をきいた。サントスの反応を見るためだとレイは気づいた。すんなり答えられなければ、前後の発言もさほど信用できない。いまのところサントスの言動に不自然さは感じられなかった。

ゲンゾーがサントスを見つめた。「いつ売った?」

「はっきりせんが、一週間は経ってる」

「メンドーサが自殺するより前か?」

「あのお巡りどもが踏み荒らしていった小屋のことか。遺体が回収されたってな。あれより何日も前だ」

「これをどんな客に売ったのかね?」

サントスは前歯の抜けた口をゆがめた。「そいつはよそ者でね。俺らよりはましな暮らしをしてるっぽかった。っていうか、旦那《だんな》と同じ商売じゃないかと思うよ」

「同じ商売?」

「そう。探偵だろうな」

「なんでそう思うんだ」

「ほかにGPS発信機はないかときいたからさ。嫁さんの浮気に悩んでるんじゃなきゃ探偵だろ。けどそんな物はゴミの山から見つけたことはなくてな」

スマホで位置情報を受信できるGPS発信機。たしかに探偵御用達《ごようたし》のツールだが、ネット通販でも百ドルぐらいで買える。なぜサントスから入手しようとしたのか。

レイはスマホに画像を表示した。警察から提供されたデータファイル、バウティスタの動画のひとコマだった。レイはサントスにきいた。「この男に見覚えは？」

サントスが目を丸くした。「なんだ、やっぱり知り合いか。こいつだよ」

バウティスタは五十セントを払い、サントスからカード型メトロノームを買った。それがメンドーサのバラックのなかから見つかった。メモ用紙とともに燃やされた状態で。

一連の状況がなにを物語っているか、手にとるようにわかった。にわかに霧が晴れたかのようだった。

ゲンゾーはサントスに二十ドル札を渡した。「感謝するよ。よければこれからも友人でいてくれ」

紙幣を受けとると、サントスは小躍りを始めた。「この電動髭剃《ひげそ》り、持って行ってもいいぞ。ろくに剃れないけどな」

「また今度にする」ゲンゾーは踵《きびす》をかえし歩きだした。「レイ、行こう。まだ午後四時には間に合う」

レイは歩調を合わせながらきいた。「まさか井原さんの店へ直行かよ」

「なんだ？　まだすべての事情が呑《の》みこめんのか」

「ちがうよ」レイは鼻で笑ってみせた。「全身にゴミのにおいが染みついた。シャワーも浴びずに行ったんじゃ、井原さん家《ち》のお嬢さんに嫌われる」

7

午後四時になった。スニーカーのセレクトショップYUMIの店内にいても、バイクのエンジン音が耳に届く。

ノイズがやんで静寂が戻った。直後、ガラス戸が弾《はじ》けるように開いた。目出し帽の男が勢いよく踏みこんでくる。きょうは全身黒ずくめだった。手にはリボルバー拳《けん》銃《じゅう》を握っている。年代もののコルト・ローマンとわかった。銃口は油断なくカウンターに向けていた。

だが男は面食らったような反応をしめした。カウンターのなかに立っているのが、井原ではなかったからだろう。

ゲンゾーが平然と応じた。「いらっしゃい」

「店主はどこだ」男がきいた。

「さあな。ご要望どおり午後四時に店を開けといた。井原さんに出勤してほしかったら、そういっとくべきだったな。どの店だろうとオーナーは自由に休める。いまごろは娘さんと一緒に自宅でゆっくりしとるだろ」

一部始終を眺めていたレイは、店内の片隅から踏みだすと、男の後頭部にグロック42の銃口を突きつけた。ほぼ同時に、デニスが反対側の隅から現れ、スプリングフィールドアーモリーのXD－Sで、男のこめかみを狙った。

左右から拳銃を向けられ、男はたじろいだ。ただちに観念したらしく両手をあげた。レイはその手からコルト・ローマンをもぎとった。

デニスが男の目出し帽を脱がせた。メンドーサやバウティスタに似て痩身《そうしん》だが、別人だと予想はついていた。

実際、目出し帽の下から現れたのは、レイが初めて見る顔だった。フィリピン系で年齢は二十代前半。太い眉《まゆ》に鷲鼻《わしばな》、割れた顎《あご》。不服そうなまなざしが店内を見渡した。

レイは男の尻《しり》ポケットから財布を引き抜いた。SSNカードが見つかった。「社会保障番号があるからには不法滞在者じゃないな。ジョーン・ロイド・アンドラダか」

アンドラダが声を震わせながらいった。「俺のことは知らなかったみたいだな。意外だったか？」

「いいや」レイは首を横に振ってみせた。「三人目の男がいるとはわかってた。メンドーサの小屋にも出入りせず、バウティスタとのつきあいも世間に知られてないからこそ、強盗に加わる決心をしたんだろ。正規のグアム市民だとしても貧困は辛《つら》いからな」

「おまえに貧困が理解できるのかよ」

「きょうもスラム街へ行ってきたばかりだ」

「出稼ぎで島にきてから職を失った連中だけじゃねえんだ。島にはもとから住んでたフィリピン人も多くいる」

「おまえはそっちだろうな。市民である以上はフィリピン系アメリカ人ってことだ。義憤に駆られて、立場の弱い元出稼ぎフィリピン人らに手を貸したか。やったのが強盗じゃ褒められないけど」

スペイン統治時代、イエズス会がチャモロ人の伝統的な習慣や文化を厳しく取り締まった。チャモロ人の祖霊信仰も禁止された。不満を募らせたチャモロ人らは反乱を起こした。だがスペイン軍は抑圧を強め、キリスト教に反抗的な村を残らず焼き払った。結果、十万人ものチャモロ人は五千人以下に激減してしまった。労働力不足を補うため、やはりスペインの植民地だったフィリピンから、大勢の庶民が強制移住させられた。それがグアムに住むフィリピン系アメリカ人の先祖だった。

フィリピン人は同胞意識が強い。グアム島でもフィリピン人らによるコミュニティが結成されている。フィリピン系アメリカ人は、世間体を気にして無関心を装っているものの、裏では労働者階級の出稼ぎフィリピン人らを積極的に支援している。職を失った元出稼ぎにもやさしい。アンドラダがひそかにメンドーサやバウティスタとつながりを持ったのも、なんら不自然なことではなかった。

デニスはなおも油断なくアンドラダに拳銃を突きつけていた。「早くバウティスタにメッセージを送れ。緊急時に助けを呼ぶ合図はきめてあるんだろ。どうせ近くにいるはずだ」

「そこまでわかってるのかよ」アンドラダは抵抗の素振りをしめしたが、デニスが銃口を押しあてると、渋々といったようすでスマホを取りだした。通話ボタンをタップし、やる気のない声で呼びかけた。「黄信号。バックアップ頼む」

ほどなく駆けてくる靴音がきこえた。目出し帽がもうひとり、ナイフをかまえながら飛びこんでくる。だが捕獲されたアンドラダを見て、ぎょっとしたようすで立ちすくんだ。レイは男の手からナイフを奪い、目出し帽を引きはがした。

動画で見覚えのある、ゴリラに似た顔が出現した。表情は著しく異なっている。バウティスタは目を白黒させながら怒鳴った。「なんだこりゃ。いったいどうなってる」

カウンターのなかからゲンゾーがいった。「おまえらほど間抜けな強盗は見たことがない。だが捕まらんと確信しとったんだろ。井原さんが警察に通報もせず、一万ドルの札束を渡してくれると思っとったな」

アンドラダがバウティスタを見つめた。「なにも喋《しゃべ》るな」

「おい」デニスがアンドラダに声をかけた。「同胞意識を持つのは勝手だが、いい加減に目を覚ませ。だまされてることに気づいたらどうだ」

「なんだと?」

レイは拳銃を片手に壁にもたれかかった。「三人組の強盗仲間のつもりだったんだろ?　とりわけアンドラダは正式なグアム市民で、ほかのふたりとも表向きつながりはないから、疑われる心配はないと高《たか》をくくってたよな。バウティスタの腹のうちも知らないで」

バウティスタがあわてぎみに怒鳴った。「アンドラダ。耳を貸すな」

「黙ってろ」レイはつづけた。「バウティスタとアンドラダが強盗の実行犯だった。気弱なメンドーサは、自宅の小屋をアジトがわりに提供しただけだ。店から金を奪って逃走後、メンドーサの小屋に引き揚げるまで、アンドラダはスラム街の住民に顔を見られないよう慎重に振る舞った。手袋のまま指紋も残さなかったし、濃紺のシャツは小屋で脱ぎ捨てたな」

「はん」アンドラダが吐き捨てた。「証拠があるのかよ」

「問題はそこからだ。おまえら三人は小屋のなかで腰を抜かした。札束は偽物だった。上と下だけ本物の百ドル札だが、残りは紙幣と同じサイズに裁断したメモ用紙の束。しかも真んなかが刳《く》り貫《ぬ》かれてて、そこにカード大のGPS発信機が埋めこんであった」

アンドラダが食ってかかってきた。「あの店主がふざけた真似をしやがったんだ」

「あわてて燃やしたものの、三人はそれぞれ会わないようにして、警察の捜査をやり過ごそうときめた。けれどもアジトが自宅と発覚しちまったメンドーサが、気に病んで自殺した」

「それも店主のせいだ」

「おまえはメンドーサとの交友関係を知られてないから、その後も独自に動けると考えた。手に入った二百ドルのうち、おまえひとりの儲《もう》けぶんは三分の一、六十六ドルていどか。それで中古拳銃を一丁買ったな。ひとり駐車場で井原さんと娘を待ち伏せし、奪い損ねた一万ドルをあらためて要求した。レンフィールド社のステッカーを見て、強盗保険が下りたと信じてたからだろ」

この店が一万ドルの強盗被害に遭ったことは、地元紙でも報じられている。すなわちアンドラダは、井原が偽の札束を渡しておきながら、一万ドルを奪われたと嘘をついている、そう判断した。強盗保険で損失が補償され、井原はまんまと一万ドルを懐におさめた、そんなふうに信じた。横領着服の事実が明るみにでれば、井原も罪に問われる。あの夜の駐車場で、アンドラダは井原に、秘密をばらすと脅したつもりだったのだ。

厳密には、アンドラダらが強盗として奪い損ねたのは、一万ドルではなく九千八百ドルだった。偽の札束の上下だけは、本物の百ドル札だったからだ。したがって本来なら、あらためて井原に要求すべきは九千八百ドルだが、アンドラダは一万ドルを寄こせといった。二百ドルを余分にもらうことになる。利息が二百ドルと表現したのは、そういう意味だった。アンドラダの律儀な性格がうかがえる。

実際アンドラダは、仲間をだし抜いて一万ドルを独占しようとする男ではなかった。きょうもバウティスタを誘い、店の外に待機させていた。バウティスタは、自分の知らぬ間にアンドラダが勝手な行動にでたことに戸惑いながらも、金の分け前に与《あずか》れるときいてふたたび共犯者になったのだろう。

レイはアンドラダを見つめた。「おまえ純粋だな。ほかの可能性を考えなかったのか。井原さんが最初から本当に一万ドルを渡してたとしたら?」

アンドラダが不審のいろを浮かべ、バウティスタを横目に見た。バウティスタは気まずそうに視線を逸《そ》らしている。

デニスがいった。「強盗に入ったとき、アンドラダは濃紺シャツ、バウティスタが赤シャツだった。赤シャツはカウンターに詰め寄り、井原さんを脅す役割だった。一万ドルを奪うのも当然、赤シャツだ。事前にそうきまってたからには、すり替え用に偽の札束も準備できる」

「おい」アンドラダが表情をこわばらせた。「まさか……」

ゲンゾーがうなずいた。「メンドーサの小屋に帰るまで、札束はバウティスタが預かっとったんだろ? こっそり札束から百ドル札を二枚だけ引き抜き、あらかじめ用意したメモ用紙の束を挟みこんで、輪ゴムで束ねる。もうひとつの札束のできあがりだ。小屋に着いてから確認したところ、偽の札束だとわかって、おまえとメンドーサはびっくり仰天。バウティスタも驚いとるフリをした」

レイはポケットから小さな黒焦げの物体を取りだしてみせた。「札束のなかに入ってたこれを、誰がGPS発信機だといった? バウティスタだよな。アンドラダもメンドーサもすっかり信じこんじまった。カード型のメトロノームとも知らないで」

アンドラダがバウティスタを睨《にら》みつけた。「てめえ……」

バウティスタは狼狽《ろうばい》をあらわにした。「本気にすんな。でたらめだ」

またゲンゾーが口をはさんだ。「あいにくでたらめではないな。百ドルのＧＰＳ発信機すら調達できず、それらしく見えるジャンク品を、スラム街のサントスから五十セントで買った。まるっきり金のなかったおまえさんが、八千ドルの借金をあっさり返しとる。一万ドルを着服したのはバウティスタ、おまえさんだ。ああ、正確には九千八百ドルだったな」

レイはアンドラダにいった。「強盗を働いた日、バウティスタはメンドーサの小屋をでたのち、ハガニアのビアガーデンに急行した。友達に酒を奢《おご》るだけの金があったことから、犯行後だとわかる。さらに動画の撮影時刻のデータをいじらせてアリバイ工作した。まだヨハネ・パウロ二世像が回転するものと信じてるフリをすることで、もし自分に疑いが向いても、実行犯でない可能性をほのめかした」

アンドラタの表情がいっそう硬直した。「それはつまり……」

「ああ。犯行がばれかけたときの保険に、わざと三人目の男がいると示唆したんだ。バウティスタはおまえを売る気満々だったわけさ」

たちまちアンドラダの顔面が紅潮しだした。ふいにバウティスタにつかみかかった。「この野郎！　初めからそのつもりか。貧しい者どうし支えあおうとかいっときながら」

アンドラダはバウティスタの胸倉をつかみ、床に押し倒した。バウティスタは必死の形相で身をよじり、激しく抵抗した。

「よせ！」バウティスタは悲鳴に近い声をあげた。「あんたらはサツだろ、助けてくれよ。こいつ俺を殺そうとしてるんだぞ」

ゲンゾーがカウンターに両肘《りょうひじ》をついた。「俺たちは警察じゃない。クズどうし潰《つぶ》しあってくれたほうが手間も省ける。レイ、ナイフをくれてやれ」

バウティスタがわめいた。「馬鹿いえ！　おい、証言する。ぜんぶ正直に告白する。だから助けろ。命を保証してくれれば、なんでも話す」

アンドラダに首を絞めあげられ、バウティスタは息苦しそうに喘《あえ》いだ。ゲンゾーがうなずいた。レイはデニスとともに、絡みあうふたりを引き離しにかかった。デニスがアンドラダを羽交い絞めにし遠ざける。レイはバウティスタを助け起こした。

事態が鎮静化しつつある。レイは拳銃《けんじゅう》をホルスターにおさめながら、バウティスタにつぶやいた。「なあ。バウティスタはスペイン語で洗礼って意味だよな。悔い改めよ、天国は近づいた」

バウティスタはもうたくさんだと言いたげに、げんなりした表情を浮かべた。「悪《イー》銭身に付かず《ジーマネー・イージーゴー》だろ。ムショに聖書を差しいれしてくれるんなら、そう書き換えといてくれよ」

8

朝方というのに陽射しは強く、雲ひとつない空の青さを際立たせる。ふだん人の賑《にぎ》わいはプレミア・アウトレットに集中するが、けさは様相がちがっていた。サウス・マリン・コア・ドライブから一本入った道沿いに、群衆がひしめきあう。スニーカーのセレクトショップＹＵＭＩが新装開店の日を迎えた。グアムでは入荷が遅れがちな最新ブランド品が、ロサンゼルスの卸し問屋との提携により、本土と変わらない早さで棚に並ぶ。事前に新聞広告とネットの通販サイトで期待を煽《あお》り、この盛況につながった。

レイはエントランスのわきに立ち、入場制限のため長蛇の列を区切る作業に追われた。店内は大賑わいだった。万引きはさほど心配する必要がない。どのスニーカーも見本は右足のみだ。購入を検討している客だけが、レジカウンター近くで左右ひと組の履き心地を試せる。ゲンゾーの指導による営業方針だった。

佳奈美が店のロゴ入りエプロンを身に着け、笑顔で歩み寄ってきた。頬の痣《あざ》はすっかり消え失《う》せ、ナチュラルなメイクに透明なリップグロスの光沢が映えている。「レイさん。友達を紹介するね」

同級生らしい十代の男女が佳奈美の取り巻きになっている。人種はさまざまで、みな軽装ながら洒落《しゃれ》たファッションに身を包んでいた。なかでも佳奈美と親しげにしているチャモロ系の少年が、レイに握手を求めてきた。自分の恋人を守ってくれて感謝する、そういいたげな態度だ。レイは苦笑いせざるをえなかった。

佳奈美とともに少年少女らが離れていくと、代わりにデニスがぶらりと歩み寄ってきた。

デニスが辺りに目を配りながらいった。「まさかおまえ、十五歳の女の子に惚《ほ》れてたんじゃないだろうな」

「なんの話だよ」

「お嬢さんに会う前に、風呂《ふろ》に入ってスラム街のにおいを落としたがってたそうだが」

「じっちゃんにきいたのかよ。ただの身だしなみだ。依頼人の娘さんに手をだしたりしねえって」

「そういやおまえ、彼女は？」

「なんでそんなこときくんだよ」

「最近さっぱり女っ気がないと思ってな」

「貧乏暇なしなのは誰のせいだっけ？　休暇を検討してほしいね。ＣＥＯのじっちゃんに頼んどいてよ」

「俺も経営者だ。考えといてやる」デニスは付け加えた。「あくまで考えるだけだが」

路上にクルマのエンジン音がきこえた。レイはデニスとともに表通りを観察した。人混みのなか、徐行してきたタクシーが店の前に停車する。そそくさと降り立ったのはスーツ姿の白人だった。ブリーフケースを胸に抱えている。見た顔だとレイは思った。業界の知り合いだ。

レジはアルバイトらが対応している。店長の井原がカウンターからでてきた。井原は訪問者を眺めていった。「ああ。たしかレンフィールド社の……」

白人のスーツが遜《へりくだ》った笑いを浮かべながら、群衆を掻《か》き分け井原に近づいた。「覚えておいでですか。営業のアルビストンです。いやあ、ご盛況ですね」

「その節はステッカーの件で、多大なるご迷惑をおかけしました」

「とんでもない！　きっと繁盛すると思い、事前にご提案申しあげただけです。どうですか、これを機にわが社と契約なさっては。いまなら警備と強盗保険をセットでお安く……」

すると店内から白髪頭のスーツがのっそりと姿を現した。ゲンゾーがアルビストンにいった。「すまんな。ここの警備なら間に合っとる」

アルビストンはがっかりした表情になった。「なんだ。イーストマウンテン・リサーチ社さんが契約済みですか」

佳奈美が近づいてきて、井原に寄り添うように立った。親子ともに、さも嬉《うれ》しそうな屈託のない笑顔があった。

井原は目にうっすらと涙を浮かべていった。「いまだからいえますが、店名をユミにしてよかった。妻も喜んでくれているでしょう」

デニスが井原に笑いかけた。「この人出なら、一万ドルの損失もすぐ取り戻せます」

レイはゲンゾーに向き直った。「もちろんうちへの契約料も余裕で払えるだろうね。じっちゃんはほんと、先を見る目があるよ。天性の商売人だね」

「そうとも」ゲンゾーが真顔で応じた。「幸せは金で買えんといいたがる連中はな、どこで買えばいいか知らんだけだ」

第五話　アガニアショッピングセンター

グアムでは停車中のスクールバスを追い抜くと交通違反になる。最悪の場合は免許取り消しの処分がまつ。

怠慢なグアム警察だけに見逃してくれることも多いが、法の守護者たる準州の私立探偵となれば、ルールに背くわけにはいかない。よって朝方は早めに家をでる習慣が身についた。

けれどもクリスマスを過ぎたいま、学校は冬休みに入っている。通勤の混雑時にスクールバスを見かけない。おかげで依頼人が来る時刻より三十分も早く、レイ・ヒガシヤマは事務所に着いてしまった。

年越しが近いとはいえ、気温は午前中から華氏八十六度を超える。摂氏でいえば三十度。島に生まれ育った人間にとっては涼しいほうだが、きょうの依頼人は移住して三年の日本人夫婦だ。照りつける陽射しの下、汗だくになって現れるだろう。

早めの出勤かと思ったものの、父や祖父はすでにデスクについている。隣りの職員専用オフィスから書類を運んできた青年は、アンセルム・クレイニーだった。ブロンドの髪に、この島では異様なほど色白の小顔、青い瞳《ひとみ》の二十五歳。痩身《そうしん》に質のいいスーツをそつなく着こなす。屋内をクーラーで冷やしすぎのグアムにおいて、デスクワークを生業《なりわい》としていれば、ジャケットはけっして手放せない。

クレイニーはレイと同じく、グアム大学卒業後に警察学校の研修を経て、探偵のライセンスを取得した。内勤ばかりではもったいない気がする。

レイはきいた。「アンセルムも外へでて張り込めば？　せっかく習ったことが生かせなきゃ、宝の持ち腐れだろうし」

ゲンゾーが冷やかすように告げてきた。「レイ。アンセルムは肌を焼きたくないと思っとる。近ごろの女の子たちと同じだな。いつも日焼け止めクリームを塗りこんどるんだろう」

デニスが顔をしかめた。「冗談はよせよ、親父。アンセルムはよくやってくれてる」

だがクレイニーは気にしたようすもなく、淡々と書類をデスクに配っていった。

「尾行も張り込みも苦手です。この髪と肌のいろがめだつんで、群衆に溶けこめなくて」

「だな」ゲンゾーがコーヒーカップを口に運んだ。「虹彩《こうさい》のいろが薄い西洋人は、太陽を眩《まぶ》しく感じるばかりで探偵業に向かん。アジア人の目は明るい場所にも強い。彫りの浅い顔も周りを監視するのに重宝する。鼻が邪魔にならず真横まで見えるからな」

するとデニスが苦笑した。「本気でいってるのかよ」

レイも父デニスに似て、鼻は高いほうだった。「フランス系アメリカ人と結婚しときながら、純日本人のじっちゃんがいちばん探偵向きだって威張るのか？　自画自賛もいいとこだね。日本人は奥ゆかしいんじゃなかったか」

ゲンゾーが吐き捨てた。「それは日本人女性だろうが」

「ああ」デニスがからかった。「親父を相手にしなかった利口な人たちだ」

控えめな笑い声があがるなか、ゲンゾーがぶつぶつと悪態をついたとき、ガラス戸が開いた。開襟シャツを着た四十前後のアジア系男性が、あわてぎみにおじぎする。頭の下げぐあいから日本人とわかる。妻らしき三十代後半の女性を連れていた。彼女の服装はロング丈の半袖《はんそで》ワンピース姿だった。

男性がおずおずといった。「どうも、おはようございます。徳永《とくなが》といいます」

けさ早くから矢継ぎ早の電話とメールで、急ぎの面会を催促してきた夫婦だった。名は徳永晃司《こうじ》と佐有里《さゆり》。グリーンカードの抽選に当たり、永住権を取得できたばかりだときいた。いまはアガニア・ハイツの住宅街で戸建て暮らしらしい。

デニスが立ちあがった。「おはようございます。お早いお着きですね」

徳永晃司はハンカチで汗を拭《ふ》きながら応じた。「急いで来たので。妻も私も」

「とにかくおかけください。なにかお飲みになりますか」

「いただきます。ああ、家内も」

クレイニーが給湯室へ向かう。デニスはレイやゲンゾーを徳永夫妻に紹介した。夫妻はいちいちソファから腰を浮かせおじぎした。クレイニーが運んできた炭酸水を、ふたりとも一気に呷《あお》った。よほど喉《のど》が渇いていたらしい。クレイニーは立ち去りぎわ、レイの耳もとに英語でささやいた。まかせるよ、僕は人見知りでもあるので。

レイは思わず鼻で笑ったが、徳永夫妻と目が合ったため、あわてて居住まいを正した。

デニスが切りだした。「きょうはどんなご用件で……」

晃司は遮るようにいった。「息子が誘拐されました」

ふいに張り詰めた空気が漂う。デニスが夫婦の顔をかわるがわる見た。「誘拐ですって?」

妻の佐有里が悲痛のいろとともに、スマホを操作し差しだしてきた。「昴《すばる》です。九歳で小学三年《サードグレード》になります」

レイは歩み寄り、デニスが受けとったスマホを覗《のぞ》きこんだ。黒髪を長めに伸ばした丸顔の少年だった。目が大きく下顎《したあご》は細くなっているため、女の子にも見える。嫌な予感がするとレイは思った。グアムでも子供への性的暴行は多発している。被害者には男の子も含まれる。

デニスがいった。「チェックのシャツにデニム。いなくなったときもこの服装ですか」

「いえ」佐有里は応じた。「上はヌヌフォルムで無地の白、下はボボショセスのカーキいろでした」

ゲンゾーは眉《まゆ》をひそめた。「ヌヌにボボ……。なんとおっしゃった？」

老人には耳慣れない言葉だろう。レイはゲンゾーにいった。「キッズブランドだよ」

晃司が折りたたまれた紙を広げ、レイに手渡した。「けさ早く、これが郵便受けに投げこまれまして」

プリンターで印字されたアルファベットが並んでいる。徳永の息子、昴君を預かった。五十万ドルを用意しろ。警察には絶対に知らせるな。また連絡する。そんな意味の文面だった。

デニスが唸《うな》った。「〝Tokunaga's own〟だなんて、ふつうアメリカ人が用いる言いまわしじゃないな。いちいちownを追加したがるのはチャモロ人にありがちだが」

レイはデニスにいった。「あるいはそう思わせようとしてるのかも。身代金要求にしては妙な手紙だけどね。金を用意しろといいながら、引き渡しの手段に言及してない。また連絡するだなんて、いまのうちに通報しろといわんばかりだ」

「触らなきゃよかった。指紋がついてたかもしれんのに」デニスは紙をテーブルに載せると、晃司にきいた。「警察には知らせましたか」

「とんでもない」晃司が目を剝《む》いた。「絶対に知らせるなと書いてあるじゃないですか」

「それでうちに連絡を？」

「そうですよ。ネットで調べたら、こちらは日系人が経営する探偵事務所なので、日本人も相談しやすいと……。みなさん日系人ですよね？　それとも日本人ですか？」

デニスが落ち着いた声で答えた。「私たちはみなアメリカ国籍です」

「ああ。じゃ二十二歳までに国籍を選択されたんですな。アメリカ市民なわけだ。羨《うらや》ましい」

「でなきゃ探偵のライセンスを取得できませんからね」デニスは咳《せき》払いをした。「あなたがたは移住して三年だとか。永住権を得るにも苦労なさったでしょう」

「死にものぐるいでしたよ。でもいったんグアムに住むと決めたからには、骨を埋《うず》めるつもりでね。勤め先でもグアム支社への栄転なら昇給も約束されてましたし」

「昴君は小学校からグアムですか。英語の授業が大変だったでしょう」

佐有里が身を乗りだした。「いいえ。昴は幼少期から英語教室に通わせてましてね。英語の発音はいつも褒められてたし、会話も得意でした。だから英語が喋《しゃべ》れない子のELSクラスじゃなく、普通の学級に入ってたんですよ。成績も優秀でした」

レイは佐有里を見つめた。「この手紙はきょう投げこまれていたそうですが、昴君が連れ去られたのはいつですか」

すると佐有里の表情が曇った。「きのうの昼過ぎです。いまは冬休みなので、クルマでアガニアショッピングセンターへ買い物に行くにあたり、一緒に連れて行きました。主人はまだ仕事がありましたし、グアムでは子供にひとりで留守番させることは……」

「ええ」レイはうなずいた。「お母様が外出するなら、連れて行かざるをえませんね」

十三歳以下の子供はひとりで留守番できない。法律で禁じられている。大通りの路上で子供が遊ぶことも制限されていた。誘拐や事故を警戒しての取り決めだった。通学はスクールバスか親のクルマでの送迎になる。家と学校を歩いて行き来する子供はまずいない。

小学校では午前七時から校舎内のカフェテリアで朝食をとれる。よって親が早朝の出勤であっても、やはり子供を学校に連れて行く。放課後、両親が家に不在であれば、子供は親戚《しんせき》の家もしくはアフタースクールプログラムに預けられる。

子供のころは窮屈だったとレイも痛感していた。クルマがないとどこへも行けないため、十六歳になるや、みなこぞって運転免許をとりたがる。とはいえ高校生にもなれば、グアムの社会は一転して寛容さをしめしてくる。学校でも生徒それぞれに駐車場が割り当てられ、年間利用権のチケットが販売される。

レイは質問をつづけようとした。「昴君はアガニアショッピングセンターのどこで、どんな状況に……」

ふいにデニスが片手をあげ制してきた。徳永夫妻に向き直ると、デニスは険しい面持ちでいった。「申しわけありませんが、誘拐となるとお子さんの生命がかかっています。警察への通報が優先します」

夫婦は心外だという顔になった。晃司がデニスを見つめた。「絶対に通報するなと書いてあるんですよ。昴のことを思えばこそ、ここへ相談にきたんじゃないですか。だいたいグアムの警察なんか、まるであてになりませんよ」

「それはわかりますが、探偵も誘拐の事実を把握しながら、警察に黙って独自に調査することは……」

レイはブラインドの隙間から、敷地に乗りいれてくるセダンを見てとった。白黒のツートンカラー、側面にPOLICEの表記。パトランプは点滅していないものの、制服警官らの降車は機敏だった。スーツ姿の顔見知りも降り立った。こちらへ歩いてくる。ガラス戸を押し開けた。デニスが言葉を切り、来訪者らに目を向けた。

短髪に馬面の白人、バージェス警部が制服ふたりを従えながら、ソファに歩み寄った。「お取りこみ中のところ申しわけない。徳永晃司さんと佐有里さんご夫妻？」

晃司も英語で応じた。「そうですが」

ゲンゾーが座ったままいった。「おはよう、バージェス警部。いま噂をしとったところだ」

バージェスは顔をしかめた。「どうせよからぬ噂でしょう。手柄を焦る気持ちはわかりますが、誘拐事件を警察に伏せていたとなれば、あなたがたも責任を問われますよ」

「いや」晃司が腰を浮かせた。「こちらを頼ったのは私なんです。息子の安全のため、やむなく通報を控えておりまして」

佐有里が誘拐犯からの手紙を差しだした。バージェスは受けとったものの、文面を見るなり眉間《みけん》に皺《しわ》を寄せた。ためらうように指先を動かす。やはり指紋が気になったようだ。触れるべきでなかったと感じたのだろう。

バージェスがじれったそうな態度をしめしながら、夫妻を見下ろしていった。「いいですか。本当は息子さんがいなくなった時点で、警察に相談なさるべきなんです。あなたがお宅を訪ねてみたら、誘拐犯から手紙がきたというじゃありませんか。あなたが大声で騒いでいたから、お隣りがすべてご存じでしたよ」

晃司がふたたびソファに身をうずめた。ばつの悪そうな顔を佐有里に向ける。「ほらみろ。いったじゃないか、声を張りあげすぎだ」

佐有里がさも不服そうに見かえした。「お互いさまでしょ。隣りのジェフに庭先で会って、口を滑らせちゃったのは晃司さんよ」

「ジェフには黙ってるよう釘《くぎ》を刺したのにな」

日本語の会話だったが、バージェスは夫婦がなにを語り合っているか察したらしい。咎《とが》めるような物言いでバージェスがいった。「お隣りのせいにしないでくださいよ。そもそも警察に通報もせず、ツイッターで情報を求めるなんて常識に欠けます。猫に脱走された飼い主じゃないんだから」

ゲンゾーが面食らった顔になった。「いまなんと?」

デニスも困惑のいろを浮かべ夫妻を眺めた。「ツイッターですって?」

晃司は口ごもりながら応じた。「そのう、ショッピングセンターで妻が目を離した隙に、昴がいなくなったんです。フードコートかゲームセンターあたりにいるだろうと、妻は考えたんですが、なにしろ広大なので」

「まさかその場で、ツイッターに投稿したんですか」

佐有里はさほど悪びれたようすもなく応じた。「ちょうどスマホのなかに、昴の画像も入ってたので……。移住したてのころも、タロフォフォの滝へ行ったとき、昴を見失ってしまいましてね。でもツイッターを通じて居場所がわかったんです。ケーブルカー乗り場にいた人が反応してくれたんですよ」

晃司がうなずいた。「賢い子なので、私たちとはぐれてすぐ、いちばん近い商業施設に引きかえしたんです」

あきれた話だった。バージェス警部が動いたのも、ツイートを見た市民から通報を受けたからだろう。

デニスが探るような目を佐有里に向けた。「ツイッターを通じ、ご自宅の住所が広く知れ渡るようなことは……」

「おかげさまでツイートが拡散されたので、大勢の人が情報提供を求めてきました。その都度相手をフォローして、ダイレクトメールで通信しあったんです。こちらの連絡先をたずねられた場合は、住所と電話番号を教えましたよ。めぼしい情報はいまのところ得られてませんけど」

どこか不満げな顔をした晃司が、デニスを見かえした。「SNSで情報を募るのは、まちがっていないでしょう。現代社会の利点じゃないですか？」

うんざりした表情でデニスが応じた。「そういう問題じゃありません」

レイもため息をつくしかなかった。「誘拐に信憑性《しんぴょうせい》がまるでなくなりましたね」

夫婦はまだぴんと来ないらしい。妙な顔を見合わせている。

バージェスが手紙をテーブルに戻した。「お子さんがいなくなったのはたしかでしょうが、誘拐犯からのメッセージは悪戯《いたずら》の可能性が濃厚です。まだおわかりでない？身代金要求というのは、人質を連れ去った事実を知る者が犯人以外にいないからこそ、真実と見なされるわけです。でもきのうの時点でツイートが拡散されたとあっては……」

ゲンゾーが徳永夫妻にきいた。「昴君がいなくなって、それから奥様はどうなされた？　子供を置いたまま、家に帰ったのですかな？　人の親としちゃどうかと思いますが」

　ようやく問題の大きさを理解したらしい。佐有里は動揺をしめしながらいった。

「ショッピングセンターの警備室にも声をかけておきましたし、わたしも家事だとか、やるべきことがあったので……。ツイッターに情報が入ったら、ただちにクルマで迎えに行くつもりでした」

「ところがそのまま夜になったと」

「はい……。晃司さんが帰ってきてから事情を伝えました。当然ながら晃司さんは怒りましたけど、わたしにも言いぶんがあって」

「どんな言いぶんですかな」

「ええと、そのう……。料理には時間がかかるし、掃除もやらなきゃいけないし。とにかく、昴がショッピングセンターをでてないと信じてましたから、きっと連絡が来るものと思ってました。センター内のペイレス・スーパーマーケットは二十四時間営業なので、夜半過ぎにもそこへ行ってみようかと思いました。でも晃司さんと言いあってるうちに、空が明るくなりだして……」

　朝を迎え、この本当か嘘かわからない身代金要求の手紙が投げこまれた。開いた口がふさがらないとレイは思った。日本では共働き夫婦が、幼いひとりっ子に留守番をさせるときいたが、その感覚のままグアムに移住したのだろうか。

バージェスがやれやれというように頭を掻《か》いた。「迷子からの行方不明。まずその線で考えたほうがよさそうですな」

晃司が腑《ふ》に落ちない顔になった。「現に誘拐したという手紙が来てるんですよ」

「詳しい話は私どもでうかがいます」

ゲンゾーが口をはさんだ。「警部、話はここできけばよかろう。うちも依頼を受けた以上は仕事なのでな。時間の節約にもなる」

デニスもバージェスにいった。「誘拐の手紙が悪戯だったとしても、子供がいなくなったことに変わりはない。緊急性を優先すべきじゃないか？」

私立調査官が権限を有するアメリカ準州ならではの抗議だった。バージェスは渋い顔でうなずいた。「五分ほどつきあいます。その後、ご夫婦は署に移動してください。のちにご自宅も拝見します」

晃司が困惑ぎみにうなずいた。「わかりました、そうします。あのう、どうもすみません。まだグアムの常識に慣れていないところがあって」

レイは微笑してみせた。「クリスマスに家族じゃなく恋人と過ごして、フライドチキンを食べるのが常識といわれれば、こっちも戸惑います。国が変われば勝手がちがうのも当然ですよ」

実際には日本でも、この夫婦の判断は褒められたものではないはずだ。レイはそう思っていたが、言葉にはしなかった。いまは責任の所在を追及すべきときではない。子供を無事に連れ戻すことが最優先の課題だった。

気遣いの甲斐《かい》あってか、夫婦のこわばった表情がかすかに和らいだ。晃司が頭をさげてつぶやいた。「そうおっしゃっていただけると、多少なりとも救われた気分です」

レイはきいた。「昴君の小学校はどこですか」

「マニンガム＝ブラーです」

「公立ですね」

「中高まで一貫校の私立に入れたかったんですが、クリスチャン系とかカトリック系とか、仕来りがよくわからなかったので」

本音は金の問題だろうとレイは推測した。グアムの公立小学校なら授業料も無料だ。レイは晃司を見つめた。「入学申請には面接もあったでしょう。一般クラスに入《はい》れたということは、昴君の英語力はたしかなようですね」

「ええ。勉強熱心な子なので、ほかの科目もすべて平均以上です。アメリカの算数は簡単すぎるといって、日本のドリルも解いたりしてます」

「同級生に日本人は?」

「ふたりほどいます。クラス全員で二十一人、いろんな国籍の子が交ざってます。チャモロ人もフィリピン系アメリカ人も」

「仲良くできてますか」

「ずっと喜んで学校に通ってました。友達も多くいて、ホームパーティーに遊びに行きます。バレンタイン、ハロウィーン、クリスマスと、イベントのたびみんなで集まるのが楽しいらしくて」

「では友達の家にいる可能性もありますか?」

佐有里が首を横に振った。「ゆうべから同級生の保護者全員に連絡をとったんです。学校にも連絡して、各家庭に働きかけてもらったんですが、昴はどこにもいません。メールやSNSで連絡を受けた子も皆無です」

小学校では親たちの交流が重視される。互いに連絡を密にしているのはたしかだろう。

バージェスが腕時計に目を落とした。「そろそろ時間だ。徳永さん、署に来て手続きを済ませてください。怠ると保護者責任を問われますよ」

徳永夫妻はうろたえた顔を見合わせながら、ためらいがちに立ちあがった。レイやデニスに対し、しきりとすがるような目を向けてくる。

デニスがバージェスにいった。「うちも徳永さんの家を訪問しようと思うが」

「困るね」バージェスは難色をしめした。「警察の裁量だよ」

ゲンゾーが渋い顔になった。「依頼人から相談を受けとる。こっちにも権限がある。それに子供を探すとなれば、人手は多いほうがよかろう」

分がないと察したか、それとも押し問答など時間の無駄と感じたか、バージェスは苦い表情でうなずいた。「われわれの捜査が優先します。探偵の調査には制限があることをお忘れなく。ではご夫妻、まいりましょう」

晃司はデニスと握手し、次いでレイにも手を差し伸べてきた。「どうかお願いします。昴を見つけてください」

佐有里も切実な面持ちで頭をさげた。「至らない親だと自覚してますが、いまは昴が無事に帰ってきてくれればと、それだけを祈ってます。どうか望みをかなえてください」

デニスが応じた。「全力を尽くします」

夫婦はもういちど深々とおじぎをすると、バージェスや制服警官らとともにガラス戸をでていった。

隣りのオフィスからアンセルム・クレイニーが戻ってきた。「急を要する事態のようですね」

会話がきこえていたのだろう。レイはクレイニーにいった。「手が空いてる職員はみんな協力すべきだろうな」

ゲンゾーがうなずいた。「そのとおりだ。デニス、失踪《しっそう》した子の同級生をリストアップし、片っ端から行動を調べろ。家のなかもあたれ。親が知らないうちに、子供がこっそり自分の部屋に転がりこませたかもしれん」

デニスが鼻を鳴らした。「ますます猫だな。そんな他愛《たわい》もない状況ならいいんだが」

レイはデニスにいった。「アガニアショッピングセンターからはシャトルバスがでてる。友達の親子と出会って、ついていったとも考えられる。おおごとになってると知り、その親も連絡を躊躇《ちゅうちょ》してるとか」

「否定はできんな。あらゆる可能性を疑ってみるべきだろう」

「ああ」ゲンゾーが身を乗りだした。「それ以前の段階からな」

室内は沈黙した。ゲンゾーのいわんとしていることは、レイにも理解できた。

ショッピングセンターの警備室にも声をかけた、佐有里はそういった。警備員らは迷子が見つからないまま、警察に通報もせず、ペイレス以外の閉店を許したのだろうか。子供が単独でふらついていれば、防犯カメラを通じ、すぐに警備員の目にとまるのではないか。

防犯カメラの録画映像は、警察が真っ先にチェックするだろう。探偵事務所としてはまず依頼人を深く知るべきだ。レイはつぶやいた。「徳永さん家《ち》には俺が行ってみる」

「頼むぞ」デニスはそういってからクレイニーに向き直った。「アンセルム、職員たちを集めてくれ。カラムやヨアンは、そろそろ浮気調査の報告書を仕上げただろう。ほかに誰がいる？」

クレイニーの顔に翳《かげ》がさした。「いちおう僕も前の仕事が終わったところです。ネットでの情報収集は引き受けますけど」

ゲンゾーがいった。「アンセルム。金髪で白人のイケメンが訪ねてきたら、どこの奥方もドアを開ける。あがりこんで子供の部屋を見せてもらうには、おまえこそ適任だ」

「初めてききました」クレイニーは醒《さ》めきった表情で、仕方なさそうに応じた。「経験上、旦那《だんな》さんのほうがドアを開ける率が高そうですけど」

2

アガニア・ハイツには複数の住宅街が存在する。最近になって分譲された宅地は、それぞれの区画がわりと狭く、そのぶん手ごろな価格で売りだされた。徳永一家が住む戸建てもそんな地域にある。芝生の庭とガレージ、二階建ての家屋がコンパクトにおさまっていた。グアムでは小ぶりな部類に入るが、日本からの移住者にとっては気にならないかもしれない。

午後三時すぎ、レイはサリーン・マスタングを路肩に停め、徳永家を訪ねた。夫婦は昼近くまで警察署にいて、午後から晃司が勤め先の会社へでかけたらしい。佐有里はひとりで家に戻ってきていた。

日本人が住んでいても、靴のまま出入りする仕様だった。4LDKの間取りは三人家族の居住空間として充分に思える。佐有里が案内するあいだ、レイは家具の陰に絶えず注意を向けていた。クローゼットの扉も開けてもらう。子供が隠れられそうな場所をさりげなく調べた。庭の物置や床下収納も例外ではなかった。

昴の自室には、最後に足を踏みいれた。窓から射しこむ陽の光が、白い壁紙を輝かせる。キックボードやブレイブボードが立てかけてあった。サッカーボールも転がっている。床はモップできれいに磨かれていた。佐有里の話では、昴は自分で掃除するらしい。実際、部屋の隅々まで整頓《せいとん》が行き届いている。書棚には参考書がぎっしりと並ぶ。大半は英語だった。漫画や小説もあるものの、分量はごく少ない。

玄関の呼び鈴が鳴り、佐有里が応対のため部屋をでていった。レイはひとり身をかがめ、シングルベッドの下を覗《のぞ》きこんだ。塵《ちり》ひとつ落ちていなかった。日本とちがい、学校の掃除をしないグアムの小学生にしては、ずいぶんきちんとした習慣を身につけている。

靴音がした。いましがた訪ねてきた来客が、半開きになったドアから入室する。クレイニーだった。「レイ」

「アンセルム」レイは応じた。クレイニーとはここで落ち合う約束だった。「佐有里さんは？」

「紅茶をいれるとかいって、キッチンへ向かった」

「じっちゃんのいったとおりだな」

「やめろよ」クレイニーは室内を見渡した。「ここが昴君の部屋？　きれいだな。同級生の家を四軒まわってきたけど、どこも子供部屋は倉庫かゴミ溜《た》めみたいだった」

「アンセルムは子供のころどうだった？　こんなふうに徹底してたか」

「もちろんだよ」クレイニーはあっさりといった。「どこになにがあるか把握してなきゃ、部屋の意味を持たない。引き出しは容量の半分以下にしておくのがコツだ。詰めこめるだけ詰めこんでも、奥の物が取りだせなきゃ、ないのと同じ。ただの上げ底だよ」

クレイニーは物腰柔らかな立ち振る舞いをする。中性的に見えるのは睫毛《まつげ》が長いせいか。いつも男性に好かれると自嘲《じちよう》気味に語るのは、案外冗談でもないのかもしれない。

むろんレイは変な気を起こすことはなかった。探偵にしてはめだつ金髪と色白を気の毒に思うだけだった。スキンケアグッズか美顔器の営業担当だったら、女性客が店に殺到するだろうに。

レイは部屋を物色しながらきいた。「別の職業を考えたことはあるか」

「ない」クレイニーも書棚を調べていた。「探偵なら警察官より人の役に立てると思ったし」

「ふうん」

沈黙が気になったらしい。クレイニーは察したようにきいてきた。「なら尾行や張り込みをしろって？　事務職のバックアップも必要だろ」

「誰も批判しちゃいないよ」

「ゲンゾーさんにはよくいわれる。ブロンドとしてはゴールデンレトリバーよりはいくらか仕事ができるって」

「じっちゃんは口が悪い。相手にしないことだ」

「きみはどうして探偵になった？」クレイニーがたずねた。

「さあ」レイはぼんやりと応じた。「じっちゃんも父さんもやってたことだからな。職業の意義は繰りかえし強調されたよ。アメリカで民衆の側に立って戦えるのは私立探偵だけだって」

「それでアメリカ国籍を選んだ？　母親が日本人だから、日本国籍も選べたんだろ？」

「日本はいい国だよ。ただ学ランを着なきゃいけないのと、校則で髪型に制限があるのと、爪の長さまでチェックされるのは受けいれがたい。それらが原因で見送った」

「向こうで探偵をやれば、より活躍できたかもしれないのに」

「いや。育った場所がちがうと常識もちがうんでね。日本の犯罪は分析できないよ。じっちゃんや父さんにも無理だと思う」

「へえ」クレイニーが視線を向けてきた。「たとえば？」

レイは答えた。「下着泥棒ってのがでるってさ。干してある女性用下着が盗まれる」

「犯人は女だろうな。下着が買えない貧しい女」

「だろ？　俺たちはみんなそんなふうに考えちまう。でもちがう。日本じゃ犯人は男だ」

「あー。売って金にするのか」

「それもちがうよ。下着愛好家の変質者ってことだ」

クレイニーは面食らった顔になった。「レアなケースだろ？」

「いいや。タモン地区のポケスポットぐらい頻出する。想像を絶するよ。異国じゃ常識が通用しない。逆の立場でもそうだろう。徳永夫妻がグアムの犯罪を不安がるのもわかる」

「誘拐が本当だったらね」

レイはいった。「失踪《しっそう》後、別の事件に巻きこまれた可能性もある」

「アガニアショッピングセンターで、目を離した隙にいなくなった。そこまでが事実だという前提ならな」

「警察が防犯カメラの分析を終えたら、真相もはっきりする」レイは学習机に目をとめた。

パソコンのほか、問題文と解答欄からなるプリントの束が置いてある。まだ手つかずで名前すら記入されていない。算数と理科、社会がセットになっていた。なぜか同じプリントの組み合わせがふた束あった。

「これは？」レイはきいた。

クレイニーが歩み寄ってきた。「宿題だろう」

「ずいぶん多いな」

「冬休みは二週間あるからね。マニンガム＝ブラー小学校では、ほかにオンラインの宿題もでるそうだ」

「ああ。最近の流行《はや》りだな」

「サイトに問題文が日替わりで表示され、解答をメールフォームから送信する。毎日やるよう義務付けられてるって、同級生の母親がいってた」

グアムの新学年は九月に始まるため、それまでの夏休みに宿題はない。そのぶん春や秋、冬の休みには宿題が山ほどでる。筆記式の宿題は休み明けに提出すればいいが、オンラインのほうは日課になっている。そんな学校が増えたときく。

レイはプリントの束をクレイニーにしめした。「ふた組あるのはなぜだろうな」

「小遣いと引き替えに、友達のぶんも引き受けたとか」

「なら同級生の自室にこのプリントの束がなければ、昴君と秘密を共有するぐらいの仲ってことだ。おっと、これはなんだ？」

プリントの束の下、机の表層に鉛筆で落書きがあった。sotexx とある。

ソーテックスあるいはソート・ダブルエックスとでも読むのか。スマホを取りだし検索してみたが、該当する言葉はなかった。子供だけに綴《つづ》りを誤っているかもしれない。さして意味のない単語の可能性も充分にある。

だがレイには、この落書きがプリントの束で隠してあったように思えた。念のためデジカメで撮影しておく。

引きだしを開けると、スマホが横たわっていた。グアムでは小学三年生でも、安全のため携帯電話を持たせる親はめずらしくない。教室への持ちこみも禁じられていなかった。けれども昴はここに置いていったようだ。新品同然で傷ひとつない。普段からあまり持ち歩かなかったのか。

そのとき戸口から佐有里の声が呼びかけた。「あのう」

佐有里のメイクはなぜか濃くなっていた。髪をブラッシングし直したようでもある。穏やかな表情で佐有里がいった。「ひと息いれませんか。リビングに紅茶を用意しましたから」

クレイニーが澄まし顔で応じた。「ありがとうございます。いただきます」

すると佐有里が軽く頭をさげ、廊下を立ち去っていった。

レイは歩きだしながらささやいた。「奥さんの化粧……」

「わかってるよ」クレイニーがうんざりしたように遮った。「いつもこうだ。だから外の仕事は苦手だ」

3

夜になって事務所でミーティングが開かれた。レイとデニス、ゲンゾー、クレイニーのほか、調査チームに加わった三十すぎのベテランふたりが同席した。頭髪が薄めの知性派カラム・キャンベルと、猪首《いくび》で力自慢のヨアン・アボット。いずれもデニスの後輩で、元警察官の探偵だった。イーストマウンテン・リサーチ社での勤務経験も長い。

デニスが立ちあがり、ブルーレイレコーダーを操作した。「よくない知らせだ。これを見てくれ」

テレビ画面に表示されたのは、防犯カメラの映像だった。毎秒五コマの記録らしい。

日時はきのうの午後一時四十七分。二階まで吹き抜けの円形ホールから、アガニアショッピングセンターだとわかる。人の混みようは休日ほどではなかった。

男の子の姿はすぐ目にとまった。無地のTシャツにカーキいろのズボン、長めに伸ばした黒髪に丸顔。佐有里が提供してくれた情報のとおりだった。だがいま動画のなかで昴を連れ歩くのは、あきらかに佐有里ではなかった。

丸眼鏡に髭《ひげ》、長身の痩《や》せたスーツ姿の男性。年齢は五十すぎ、アメリカ人ではなさそうだった。アジア系とも思えない。チャモロやフィリピン系とも異なる気がする。昴に寄り添いながら歩いていた。男性がフルーツの販売台の前で足をとめると、昴も立ちどまった。店員が男性にパパイヤの切り身を差しだす。試食をうながしているようだ。男性が応じた。すると店員がなにか喋《しゃべ》った。男性は昴を振りかえると、微笑しながら切り身をひとつ分け与えた。昴も笑顔で受けとっている。

ふたりの関係は悪くないようだった。ほどなく男性は昴とともに販売台の前を離れた。ゆっくり歩調を合わせながら、エントランスから外にでていく。

デニスがリモコンをいじりながらいった。「警察によれば、アガニアショッピングセンター内で昴君を確認できた唯一の映像だそうだ。防犯カメラの数は多いが、各店舗の商品棚に向けられたものが多く、ほかにふたりの姿は見当たらなかった。ただし……」

映像が切り替わった。別の防犯カメラ映像だった。やはり商業施設の内部のようだが、さっきと趣きが異なる。驚いたことにタモン中心街のＪＰスーパーストア、エスカレーターを上った先にある食料品売り場だった。表示された時刻は午後三時三十六分。やはり丸眼鏡に髭の男性が、昴を連れ歩いている。土産品のクッキーが並ぶコーナーを、男性が丹念に見てまわる。昴は男性に従い、ずっと行動をともにしながら、やがて画面の端へ消えていった。

クレイニーがつぶやいた。「この男性のクルマに同乗して、タモンまで移動したのかな」

ゲンゾーは画面を眺めながら唸《うな》った。「バスかもしれん。大人が同伴していれば、乗車してもドライバーに咎《とが》められたりはせん」

デニスがテレビの電源をオフにした。「新型の周遊バスは車内に防犯カメラがあるが、いまのところ昴君の姿は確認されていない。この男性もだ」

ベテランのひとり、キャンベルがいった。「きょうアガニアショッピングセンターの警備室へ行き、話をきいてきた。徳永佐有里さんから届け出があったので、ただちに警備員を巡回させたものの、迷子は見当たらなかったそうだ。ペイレス以外の閉店時刻を迎えても子供の姿は見えず、佐有里さんもとっくに帰ってしまったため、すでに問題は解決したのではと判断したと」

大人とふたり連れで歩いていたのでは、すれちがっても警備員の目にとまらなかったかもしれない。レイはいった。「徳永さんの自宅へ行ってきた。昴君がいなくなったのは事実だと思う。少なくとも家のなかに隠れている気配はなかった。母親も本気で心配してる」

クレイニーが表情を曇らせた。「どうかな。子供がいなくなったというのに、あの母親は……」

レイは苦笑した。「たしかにあの奥さんはちょっと変わってて、アンセルムとお茶したがってたけど、緊張をほぐしたい気持ちと依存心が同居してる感じだったと思う。子供のことを忘れたわけじゃないだろう」

紅茶を振る舞いながら、佐有里は絶えず心配そうな面持ちで、落ち着きのない態度をしめしていた。しばらくすると泣きだした。精神的に不安定な状態にあったのは疑いようがない。あれがわが子を思う心境の表れでないのなら、女優並みの演技力だった。欺瞞《ぎまん》の可能性はまずないとレイは考えていた。

もうひとりのベテラン、アボットが腰を浮かせ、書類を配布し始めた。「手分けして同級生の家をあたったものの、やはりどの親子も昴君との接触はないようです。年の暮れですが、クラスの二十一人のうち、昴君を除く二十人が家族とともに在宅。異常はまったく見られません」

レイも書類を受けとった。同級生二十人の名簿だった。さすが熟練の探偵は仕事が早い。住所と電話番号のほか、保護者の名や勤め先まで網羅する。家を訪ねまわった結果、保護者全員に話をきけたらしい。質疑応答はすべて文章に起こされ、二枚目以降に記載されていた。みな心配しているが、昴の行方については想像もつかない、そんな反応ばかりだった。

日本人の同級生はふたり。サトシ・イシダとトミコ・ワタナベ。どちらも家のなかを隅々まで調べたと追記欄にある。探偵の目が潜伏を見逃すはずはない。ひそかに連絡をとっているだけでも気配でわかる。

ゲンゾーがきいた。「同級生以外に親しい友達はおらんのか」

クレイニーは首を横に振った。「学校関係者や保護者を含め、できるかぎり大勢の話をききましたが、昴君の交友関係はさほど広くなかったと考えられます。同級生でも本当に親しかったのは日本人ふたりのほか数名ですが、放課後に一緒になったことはほとんどないようです」

「ふうん」ゲンゾーが不満そうな顔になった。「友達の家にもおらんのなら、いったいどこへ消えた？　神隠しか。手がかりひとつ得られんとは気にいらん。俺が思うに、おまえらの情報があてにならん。昴君を匿《かくま》ってる同級生の保護者から、賄賂《わいろ》でも受けとっとるんじゃなかろうな」

いっせいにブーイングがあがった。キャンベルが顔をしかめ抗議した。「さすがに聞き捨てなりませんね。なんなら明日《あした》、われわれと一緒にまわってもらえますか」

デニスが真顔でゲンゾーに向き直った。「親父。日没後に俺も、二十軒すべてをクルマでざっと見てきた。どこも普通の暮らしぶりだ。家族が揃ってディナータイムを迎えようとしてた。不自然なところはいっさいない。親父に教わって、長年探偵をやってきた俺が保証する。よその子を匿ってる家庭なんか皆無だ」

時間は浪費できない。友達の家でないのなら誘拐を疑うべきだ。レイはいった。「昴君が大人と行動をともにしてたのはたしかだよ。あの丸眼鏡に髭の男。警察は素性をつかんでないのか？」

アボットが応じた。「さっきもバージェス警部に電話したが、署が把握する要注意人物リストに該当者なし。教師や保護者らへの聞き込みでも正体は判明せず」

レイは思わず唸って頭を掻《か》いた。「アガニアショッピングセンターでは特産品のフルーツに足をとめ、ＪＰスーパーストアで土産のクッキーを物色してた。海外からの観光客にありがちな行動だ。荷物は持ってなかったが、クルマでなくバスの移動だとすれば、近隣のホテルの部屋に置いてる」

クレイニーがうなずいた。「アウトリガーかヒルトン、デュシタニ、ハイアットあたりか。周辺の防犯カメラ映像を重点的に検証すべきだな。フロントにもきかないと」

ゲンゾーは腕組みをした。「丸眼鏡の男に無理やり連行されてるようには見えんかった。むしろ親しげだった。昴君に姿を消す兆候はなかったのか」

アボットがゲンゾーを見つめた。「学校によれば、一昨日《おととい》まで昴君は、オンラインの宿題を欠かさず提出してました。送信元のリモートホストが解析されてて、自宅からだとわかります。送信時刻も毎日ほぼ同じ。まじめに規則正しい生活を送っていたんです。親に内緒で外部の人間と接触していた可能性は低いかと」

レイも報告した。「佐有里さんに頼んで、昴君のパソコンとスマホに触らせてもらった。親の言いつけをよくきく子らしく、どちらもパスワード制限はない。メールサーバーには使用の形跡なし。ＳＭＳも同様」

あのスマホのＳＭＳは、たとえ会話を削除しても、通話履歴からやりとりがあったことを検知できる。SPモードのメールにしても、削除後しばらくはゴミ箱に残るし、送信内容はバックアップされる。証拠隠滅を図った痕跡《こんせき》はいっさいない。むしろスマホ自体、ほとんど使っていなかったようだ。

デニスが険しい面持ちでつぶやいた。「スマホを持ち歩いていれば、GPS位置情報をたどれたかもしれんのに」

レイはふと思いついたことを言葉にした。「宿題といえば、筆記式のプリントの束が、昴君の部屋にふたりぶんあった。誰か友達から頼まれたのなら、秘密を共有しあう仲ってことだ」

ゲンゾーが天井を仰いだ。「やはり同級生の家をもういちど洗うべきだ」

「親父」デニスがため息まじりにいった。「丸眼鏡に髭《ひげ》の男は、どの同級生の保護者でもなけりゃ親戚《しんせき》でもない」

「たわけ。それでも同級生の家を洗え」ゲンゾーは声を荒らげた。「手がかりが得られなかったのなら、もう一段深く調べる。探偵の基本だろうが」

当惑が募る。レイはゲンゾーを見つめた。「現状より深く調べるとなると、保護者たちの働きぶりだとか、収入、夫婦の仲、借金の額あたり？」

「そのとおりだ」ゲンゾーが見かえした。「子供は親の作品だ。親をすべて理解せんうちに、子供のなにがわかる」

デニスは無表情につぶやいた。「自分の作品を罵倒《ばとう》したのかよ」

「それが教育、すなわち作品づくりというもんだ」

「親父」デニスが唸るようにいった。「俺はもう四十九だぞ。いつ完成するんだ」

4

徳永昴の失踪《しっそう》から四日がすぎた。行方は依然として知れない。手がかりはいまだ皆無だった。

警察はすでに方針を公開捜査に切り替えていたが、テレビのローカルニュース枠や地元紙で報じられたにもかかわらず、有力な情報は得られていない。

とはいえ防犯カメラ映像の提供は捗《はかど》ったようだ。入場無料の小規模な遊園地、ダガダ・グアム・アミューズメントパークに、昴がいたことが判明した。時刻は午後四時三十一分。やはり丸眼鏡に髭の男と一緒だった。ふたりは乗り物に乗るでもなく、ただ敷地内を一巡して去っていった。

翌朝、男がひとりでホテル・ロード沿いを歩く姿が、街頭カメラにとらえられた。

進行方向にあるタモン・サンズ・プラザ一階のラウンジにも立ち寄っている。この日は昴を連れていなかった。

ゲンゾーの鶴のひと声により、同級生の家族を洗うことになった。二十もの家庭の背景を調べるのは大仕事だった。クレイニーやキャンベル、アボットは不満顔だったが、レイはやむをえないと感じていた。祖父のいうとおり探偵の基本だ。手がかりが得られないのなら、関係者全員の人となりを、もっと詳しく知る必要がある。

それでも同級生の親というだけで調査対象にするのは、効率の悪い判断に思えてならない。徒労に終わる可能性も濃厚だった。実際、無味乾燥な調査結果を綴《つづ》った書類ばかりが、連日デスクに積みあがっていく。

だが名簿の十八人目、チェルノ・カルダーウッドの父ブルガッジィは、ほかの保護者と事情がちがっていた。

三十七歳のブルガッジィ・カルダーウッドは、不動産投資で財をなした。子供を公立に通わせる親のなかでは、抜きんでて豊かな暮らしぶりだった。チェルノの友達は、カルダーウッド家へ遊びに行ったとき、豪華な設備の数々に驚いたという。プロジェクターの大スクリーンでゲームができる環境だったらしい。

儲《もう》かった理由は投資のタイミングにあった。海兵隊の拠点が沖縄からグアムに移ると発表があり、タモンの高級住宅地タロヴェルデの豪邸が、将校クラスの軍人に飛ぶように売れた。

ところが近年、グアムへ移ってくる海兵隊の規模がかなり縮小されてしまった。ブルガッジィは投資額を回収できない不運に見舞われた。やがて不渡りの小切手をだし、金融機関から信用を失った末、銀行取引停止の憂き目にあった。自宅や家財の差し押さえを免れているのは、別の筋から借金をしたうえで、その場しのぎの一部返済に充てているからだ。むろん金を貸してくれるのは、裏社会の連中以外にない。

狭い島で探偵をしていれば、その手の業者にも詳しくなる。レイはデニスとともに、デデドのはずれにある古びた雑居ビルを訪ねた。

街じゅうに看板を無断で張りだし、情報に疎い多重債務者を誘いこむ。客を迎えいれるため、ドアはいつも半開きだった。デニスがなかへと踏みこんだ。レイも後につづいた。

狭く雑然とした事務所のデスクで、小太りの高利貸しシャーキーは、白い粉を鼻から吸引していた。人が入ってきたと知ったからだろう、あわてたようすでストローと皿を引き出しに落としこむ。傍らにいた用心棒のベドソンが、卓上の拳銃《けんじゅう》に手を伸ばした。

レイは羽織った長袖《ながそで》シャツの前を開け、ホルスターをのぞかせた。馬鹿でなければ、レイが拳銃を抜くほうが早いとわかるはずだ。ベドソンは苦い顔で身体を起こした。武器を手にとるのを断念したらしい。見た目よりは利口だった。

シャーキーは鼻の頭を拭《ぬぐ》いながら怒鳴った。「なんだ、急に。ノックぐらいできねえのか」

デニスが椅子の背に手をかけた。「悪いな、シャーキー。たまにその面を拝まないと落ち着かなくてな」

「ヒガシヤマの旦那《だんな》かよ」シャーキーはやれやれという反応をしめした。「お巡りじゃねえって叫びながら入ってきてくれるか。びびるんでな」

「探偵も法の執行者だぞ」

「よせよ。ヤクなんか警察にチクったって、探偵の稼ぎにゃならねえ。知ってのとおり、俺はグアムの平和に貢献してる」

「高利貸し兼ヤクの売人がか」

「そうとも。グアムなんて、まともな市民権すらくれやしねえ。なにが準州だよ、三分の一が軍事基地の不沈空母扱いじゃねえか。下っ端の兵士どもも捨て石を自覚してる。遊ぶ金やヤクが切れたら、暴動を起こさねえとも限らねえぞ」

軍人の情報なら高く売ってやるとのほのめかしだった。レイは首を横に振ってみせた。「あいにく軍関係者を調べてるんじゃねえんだ。ブルガッジィ・カルダーウッドの懐ぐあいについて知りたい」

「カルダーウッド?」シャーキーはベドソンと顔を見合わせた。直後、ふたり揃って笑い声をあげた。ふんぞりかえりながらシャーキーがいった。「不動産成金のあいつか。欲をかいて破産寸前、いや同然の間抜けだな」

「いくら貸してる?」

「八十万ドル、プラス利息。うち以外からも借りてやがる。多重債務はバレバレでな。協議の結果、どこも再来週の火曜が返済期限だ」

再来週の火曜。きょうは金曜だった。レイはシャーキーを見つめた。「巨額の借金を十一日で返さなきゃならないわけか。それを過ぎたらどうなる?」

「家と土地とポルシェ・カイエンだけじゃ、まるで足りねえからな。締めあげて隠し財産を吐きださせて、不足ぶんは海外からの借金を負わせる。ああ、旦那。冗談だぜ」

自白と受けとられないための、いちおうのエクスキューズだろう。本気なのは充分にわかった。レイはきいた。「カルダーウッドが返済できる見込みはあるのか」

「あいつはもう投資をあきらめて、コネ使ってバリガダにある造船会社の役員になってる。給料はわりといい。ちゃんと毎日働きにでてる。期日には利息ぶんだけでも、なんとか払う気だろう。それで命乞《いのちご》いするつもりだろうな」

デニスが軽蔑《けいべつ》のまなざしをシャーキーに向けた。「返済しきれない借金を抱えこませ、永遠に利息を払わせる。ゴミにふさわしい生業《なりわい》だな」

「なんとでもいえ」シャーキーが嚙《か》みついた。「探偵だって同じ穴の狢《むじな》だろうが。人の秘密を嗅《か》ぎまわる犬に見下されたくねえ」

5

脆《もろ》い陽射しが降り注ぐ午後、レイは小ぶりな民家の前に、サリーン・マスタングを停めた。

降車する前に、昴の同級生リストに目を通した。チェルノ・カルダーウッドの名がある。その住所はベテラン探偵のアボットが訪ねた。ブルガッジィや、彼の妻とも会話していた。全文が記載してある。昴とは同級生というだけで、交流はほとんどないが、無事を祈っている。夫婦はともにそう告げていた。

アボットの観察によれば、カルダーウッド一家の暮らしぶりに不自然なところはないようだ。ブルガッジィは毎日きちんと仕事にでかけている。巨額の借金について、ブルガッジィは妻子に打ち明けただろうか。

レイはため息をつき、書類をグローブボックスにおさめた。きょう訪ねるのは別の同級生の家だ。クルマを降り門へと向かう。約束の時間だからだろう、母親はすでに庭先にでていた。その几帳面《きちょうめん》さが日本人らしい。

母親に案内され、裏庭にまわった。少女がひとり、こちらに背を向けベンチに座っている。セーラーハットに白いワンピース姿。昴の同級生、トミコ・ワタナベだった。背を丸めているが、なにをしているのかは見当がつく。レイは母親に立ちどまるよう手で合図した。足音をしのばせながら、単独でトミコの背後に近づく。

予想どおり、トミコはスマホをいじっていた。画面にはSNSらしき表示があった。文章を打ちこんでいる。メッセージの冒頭につくアカウント名はTOMIKOとなっていた。ほかのアカウント名も、同級生らのファーストネームばかりだった。

トミコが振りかえった。かすかに動揺をしめしながらスマホをしまいこむ。

レイは話しかけた。「トミコさん？　初めまして。レイと呼んでくれないか」

「探偵さんですよね」トミコは立ちあがっておじぎをした。「お越しになるのはきいておりました。ヒガシヤマさん。前にもほかの探偵さんがおいでになって」

他人行儀な口調は母親による指導か。レイは平然と応じた。「キャンベルにつづき、会ってもらえて嬉《うれ》しいよ」

「家のなかを隅々まで見られたのは、正直ちょっと迷惑でした」

抗議のまなざしだった。はっきりものをいう子だ。レイは頭をさげた。「お辞儀がぎこちないけど、これで勘弁してくれないか。日本で育たないと、こういうこともきちんとできなくてね」

トミコが表情を和らげた。「お気持ちは充分に伝わりました」

また大人びた物言いだった。レイはトミコの母親を振りかえった。母親が不安げな微笑とともに見かえした。

レイはトミコに向き直った。「宿題はやってる?」

「はい。ちゃんとやってます」

「オンラインのほうも筆記のほうも?」

「ええ」トミコがうなずいた。「どっちも」

「プリントが束になって渡されてるね? 部屋にある?」

「ありますよ。持ってきましょうか」

「いや、いい。きみが持ってるのはキャンベルが確認済みだ。おかしいな。昴の部屋にプリントの束がふたつあるのに、同級生全員が、ちゃんとプリントの束を持ってる」

「なんの話か、よくわからないんですけど」

「きょう来たのは、徳永昴君の交友関係についてききたくてね」

「キャンベルさんもお尋ねでした。そのとき答えましたけど」

「クラスにもそんなに友達は多くなかったってんだろ？　チェルノ・カルダーウッドとはどう？」

絶句したような間があった。トミコは当惑のいろを浮かべた。「チェルノは……」

「昴と仲が良かったか？」

「いえ。昴はサトシやわたしのほかには、あまり友達づきあいがなかったんです」

「ああ。サトシ・イシダもそういってた。でもなにか隠してるみたいだった。だからきみにきいてるんだよ」

「隠すだなんて、昴とチェルノにはなにもありません」

「正直に話してくれないかな。チェルノは金持ちだし、身体も大きいし、威張りたがりの男の子だろ？　教師がそういってた。言葉遣いや振る舞いに乱暴なところがあるとか」

「そう……かな。先生たちにはそう見えたかもしれません。わたしにはよくわからないけど」

「粗野な子とおとなしくて真面目な子が同じクラスにいると、どんな人間関係になると思う?」

「わかりません」

「きみや昴は、チェルノの家へ遊びに行ったことは?」

「まさか。ヒガシヤマさんがおっしゃるような関係なら、家に寄りつきもしないでしょ」

「実際にそうだったんだね?」

「お母さん」トミコは母親に助けを求めた。

母親が困惑顔で近づいてくる。レイはトミコに頭をさげ、踵《きびす》をかえし歩きだした。門のほうに向かおうとすると、母親が見送りについてきた。レイは歩きながら後方を振りかえった。トミコは裏庭にたたずんだまま、急ぎスマホを操作している。

レイは前方に向き直った。そういうことだったか。

共感できるのは、小学校のころの思い出あればこそかもしれない。sotexx――たった六文字のアルファベットに、昴の偽らざる心情がこめられている。

6

黄昏《たそがれ》をわずかに残す空の下、レイはジョージア建築風の豪邸を眺めながら立った。昴の同級生の家としては最大規模だ。洒落《しゃれ》た装飾つきのフェンスが庭を囲むのもここだけだった。

窓明かりが灯《とも》っている。一階のカーテンに、母親と子供らしき影が映っていた。ディナーの準備をしているようだ。ガレージにクルマはない。レイは門柱のインターホンを押した。

チェルノ・カルダーウッドの母親の声が応じた。「はい」

「何度も申しわけありません。イーストマウンテン・リサーチ社のヒガシヤマと申します。ご主人はご在宅でしょうか」

「主人はまだ帰っていません。今夜はいつ戻るかわからなくて」

「そうですか」レイは窓から目を離さなかった。「お邪魔しました。では」

インターホンの通話が切れた。レイは豪邸に背を向け、門から遠ざかった。

辺りにひとけはない。道路の反対側に停めてある大型ワンボックスカーに近づく。

スライドドアが横滑りに開いた。レイは車内に乗りこんだ。

キャビンの向かい合わせになったシートに、ゲンゾーとデニスのほか、今回の調査チームが顔を揃えている。クレイニー、キャンベル、アボット。表情は一様に暗い。状況を考えれば当然といえる空気だった。

レイは報告した。「インターホンで奥さんと喋《しゃべ》った。一階の窓は見てただろ?」

ゲンゾーが憤りをしめした。「まったくもって無能な連中だ。なんのために給料を払っとると思っとる」

デニスは苦い表情で書類を眺めた。「チェルノ・カルダーウッドの両親に話をきいた。このリストにはそう記載してある。生活に不自然さも見あたらないとな。だが実際には、アボット。おまえはインターホン越しに喋っただけだ。ならそのように書いておくべきだろう」

アボットが弱腰な態度で釈明した。「対応がごく自然だったので、問題なしと判断してしまい……。すまない」

キャンベルも困り果てた顔でいった。「ほかの同級生にたずねても、チェルノと昴の接点はまるでないとのことだった。ふたりのあいだに友達づきあいはなかったと、全員が証言してる。時間を費やすのなら、少しでも昴君と交流のある友達の家を調べようと……」

デニスが苛立《いらだ》たしげに遮った。「ベテランのおまえらがなんだ。全員が同じことをいうなんて、かえって怪しいと疑え。口裏を合わせてるからこそ、どの主張にも曖昧《あいまい》さがなく一致をみるんだ」

ゲンゾーがデニスを睨《にら》みつけた。「偉そうにほざいとるが、おまえもどうかと思うぞ。クルマで巡回したとかいってたな。窓明かりと家族のシルエットを確認しただけか。それで探偵が務まりゃ世話ない。いちどでもインターホンを鳴らせば、応答しながら立ち働く奇妙な主婦の姿に気づけたはずだ」

「親父」デニスがばつの悪そうな顔でため息をついた。「そこは否定しない。すべて自分の目でたしかめるべきだった」

クレイニーがつぶやいた。「キャンベルさんやアボットさんのいうことにも一理あります。きわめて気づきにくい状況でした」

「やめんか」ゲンゾーが声高にいった。「口べたな弁護士め。おまえは目と同じぐらい青いな。他人《ひと》ごとのようにほざいとるが、これは連帯責任だぞ」

「しっ」レイは片手をあげ、静寂をうながした。

窓の外にヘッドライトの光が見えた。徐行してくるのはポルシェ・カイエンのSU

Vだった。周りのようすをうかがうように、ときおり停まりかける。人目が気になるのだろう。いま路上に通行人の往来はなかった。このワンボックスカーも、運転席と助手席は無人になっている。ウィンドウにはスモークフィルムが貼ってあった。こちらの監視に気づきはしまい。

ガレージの専用扉が自動的に開いた。リモコンで操作したらしい。ポルシェが車庫入れを始める。

すかさずレイはスライドドアを開け放った。全員で外に降り立つ。足ばやにポルシェへと突き進んだ。ポルシェは駐車を完了し、エンジン音がやんだ。運転席のドアが開く。降り立ったのはチャモロ系とおぼしき中年男だった。見覚えのない顔だ。だがいまそのことは問題ではない。男は路上にでると、外からのリモコン操作でゲートを閉めた。辺りを見まわし、そそくさと立ち去っていく。

レイは男の行く手にまわりこんだ。「ちょっと失礼」

男が表情をこわばらせ立ちすくんだ。「なんだあんたら?」

デニスが男に詰め寄った。「カルダーウッドさんじゃないよな。あのポルシェは、あんたのクルマでもない。なのにガレージに停めて、徒歩でどこか別の場所へ帰ろうとしてる」

「なんのことだよ、クルマなんて」

レイは男の手首をつかんだ。まだポルシェの鍵《かぎ》はポケットに仕舞われていなかった。

レイはいった。「正直に喋るか、クルマ泥棒として警察に突きだされるかだ」

「クルマ泥棒？　冗談じゃない！」男が必死の形相でまくしたてた。「カルダーウッドさんから、自由に使ってくれといわれてるんだよ。朝ここに乗りにきて、夜になってから停める」

「彼の知り合いか？」レイはきいた。

「ああ。バーで会っただけのカード仲間だがな」

「ほかにどんなことを頼まれた？」

「なにもないよ。けっして口外するなといわれた。それにクルマを出し入れするときには、誰にも見られていないのを確認しろって、そこだけはやたら念を押された」

レイはゲンゾーを振りかえった。「選択肢はふたつだ。バージェス警部に連絡して、のらりくらりと家宅捜索の手続きをまち、警察に踏みこむのをまかせる。時間がかかるぶん最悪の事態も想定されるけどな。もうひとつは……」

「当然そっちだろうが」ゲンゾーが怒鳴った。「インターホンに小細工が弄《ろう》してあって、なかに呼びかける手段がない。俺たちは探偵として正式な依頼を受けとる。いまがそれに応えるときだ。とっとと動かんか！」

その声は合図や号令と同種に思えた。どんな指示を受けるかも予想済みだった。レイは身を翻し、全力で駆けだした。ほかの探偵たちも同様だった。アボットがワンボックスカーからロッキングプライヤーを取りだす。デニスは拳銃《けんじゅう》を抜いていた。レイもそれに倣った。

目的は手段を正当化する、それがアメリカという国だった。大統領選への投票権のない、本土を遠く離れた準州という名の不沈空母だとしても、人の生きざまは変わらない。もし裁判になったら、いまこの瞬間の思いを主張するだけだ。後手にはまわれない。プライドの問題ではなかった。ときは一刻を争う。

キャンベルが速度をあげて走り、鉄格子状のフェンスに向かう。フェンスの天辺《てっぺん》は矢のように尖《とが》っていて、乗り越えるのは困難だ。だが歳のわりに身軽なキャンベルは、足場もないフェンスに片足をあて、わずかな摩擦を頼りに伸びあがった。垂直方向に跳躍する。横並びの矢を飛び越え、庭に転がりながら着地した。すぐ起きあがって門の閂《かんぬき》を外す。門が開いた。レイたちは庭へと駆けこんだ。

クレイニーが玄関のドアの前にひざまずく。懐中電灯で鍵穴を確認した。ピッキングが不可能なディンプルキーによる施錠のようだった。クレイニーは道具袋から手製のバンプキーとハンマーを取りだした。キーを鍵穴に差しこみ、ハンマーで二度叩《たた》く。もともと器用なうえ手馴《てな》れていた。ドアが解錠された。把《と》っ手《て》を引いたが、チェーンがかかっていた。アボットが身を乗りだし、ロッキングプライヤーでチェーンを切断する。ドアは弾《はじ》けるように開け放たれ、全員で踏みこんだ。

暗い邸内、クレイニーらが階段を二階へ上っていく。レイはデニスとともに一階のダイニングルームへと急いだ。

予想どおりの光景があった。消灯した室内のテーブルに、プロジェクターが据えられていた。投影レンズは窓に向けてある。カーテンは真っ白に照らされたうえ、母と子供が動きまわるシルエットが、黒々と映しだされている。プロジェクターはＨＤＭＩケーブルでブルーレイプレーヤーに接続してあった。リピート再生状態らしい。

レイはつぶやいた。「ユーチューブでも配信されてる。白地に黒い人影のみの動画だ。両親と赤ん坊とか、老婦と孫とか、いろんなバージョンがある。女性のひとり暮らしや留守どきの防犯のため、プロジェクターで窓に投影して使うって触れこみでね」

デニスが苦虫を噛《か》み潰《つぶ》したような顔になった。「こんなものがでまわってたとはな。セッティングは子供でもできる」

そのとおりだ。だが実際にこれを仕込んだのは子供ではない。

アボットが駆けこんできた。「二階だ」

すぐさま走りだした。レイは真っ先に玄関ホールへ戻り、階段を上っていった。二階に着くと、廊下にキャンベルが立っていた。近くのドアが開け放たれている。レイはそのなかを覗《のぞ》きこんだ。

部屋の暗がりのなか、クレイニーが身をかがめて話しかけている。「怖がらなくていい。ぜんぶわかってる。きみを責めたりしないよ」

レイは思わずため息をついた。拳銃をホルスターに戻す。読みが当たった、そう確信した。もとより武器は、予測が外れたときのためのバックアップでしかなかった。振りかえってデニスに合図する。デニスも拳銃を仕舞いこんだ。

クレイニーの見つめる先に、パジャマ姿の少年があぐらをかいて座っている。手にはゲームのコントローラー。辺りにはピザの箱や菓子類の袋、ペットボトルが散乱する。目を丸くした顔が、テレビ画面の明滅を受け、しきりにいろを変える。徳永昴だった。

7

レイがひとりグアム警察署の廊下を歩いていくと、向こうからバージェス警部がやってきた。

バージェスは真顔でいった。「上と話した。警察に対し事後報告になったのは遺憾だが、準州には独自の法解釈がある。子供が救われたことは喜ばしいと署長もお考えだ」

「感謝します」レイは手を差し伸べた。「俺たちを弁護してくれたんでしょう?」

するとバージェスはためらいがちにレイの手を握った。「子供の行方を突きとめられなかったのは、警察の落ち度でもあるからな。昴の両親にはきみから話せ」

「警察署で?」

「探偵は法の執行者だろ」バージェスはかすかに口もとを歪《ゆが》めると、レイの肩を軽く叩き、さっさと歩き去っていった。

本来は警部の説明に立ち会うつもりで来た。自分がその責を負うとなると、急に重荷に感じられてくる。だがふたりをまたせるわけにいかなかった。レイはわきのドアを開けた。

狭い室内には、テーブルと四脚の椅子があった。片側に徳永晃司と佐有里が並んで座っている。ほかには誰もいない。レイは向かいの席に腰かけた。

晃司が身を乗りだした。「昴、見つかったんですね。どこにいますか」

佐有里も感極まったように、うわずった声でいった。「怪我はないとききましたけど、お腹空《す》かせてませんか。早く抱きしめてあげたい」

「いえ」レイはつぶやいた。「負傷してますよ。昴君は深い傷を負ってます。心にですが」

夫婦は顔を見合わせた。釈然としないようすだった。佐有里がレイに向き直った。

「やっぱり誘拐のショックで……」

「ちがいます。心の傷は失踪《しっそう》よりも前からです。もとより誘拐などありませんでした」

「でも」晃司が眉《まゆ》をひそめた。「丸い眼鏡をかけた髭《ひげ》の男が、昴を連れ去ったと……」

「あれはスイスからの旅行者でした。タモンのホテルに宿泊中で、昴君とは無関係です。アガニアショッピングセンターでは、昴君のほうから彼に寄り添って歩き、あたかも連れられているかのように振る舞ったんです。フルーツ売り場で店員が、後ろに子供がいるといったので、スイス人旅行者は初めて昴君に気づいた。それで試食品を分け与えました」

佐有里が驚きのいろを浮かべた。「まさか。わたしのもとを離れて、自分からその人についていったっていうんですか」

レイはうなずいた。「昴君がバス乗り場までついてきたので、スイス人旅行者も変だなとは思ったようですが、行き先が同じだと英語できかされ納得したとのことです。バスの回数券は、昴君が自分のぶんを持ってたそうです」

「昴が回数券を？　持ってるはずありません。それにバスの車内にあるカメラにも写っていなかったと……」

「カメラのない古いほうの周遊バスに乗ったんです。スイス人はグアムの法律や習慣を知らず、子供がひとりで出歩くのを奇妙とは思いませんでした。ただしタモンでバスを降車後も、昴君がＪＰスーパーストアや遊園地までついてきた。さすがにおかしいと感じて問いただしたら、昴君はひとりで立ち去ったとか」

「結局、昴はどこにいたんですか？」

沈黙が生じた。この両親はまだ事情を知らない。レイは慎重に切りだした。「その後もバスに乗り移動したようです。見つかったのは同級生の家、チェルノ・カルダーウッドの自宅内です」

「なんですって？」佐有里が目を瞠《みは》った。

晃司が身を乗りだした。「あの大柄の子か。学校を訪問したとき見かけましたが、昴とは特に仲よくもないと思ってました。なんというか、ガキ大将のように乱暴な性格に見えて……」

佐有里もうなずいた。「日本人の同級生の子たちと話したときにも、チェルノなんて名前はでなかったと思います」

レイはため息とともにいった。「サトシ君もトミコさんも事情を知ってました。大人に打ち明けなかっただけです。クラスの子専用のSNSをご存じですか」

両親はまた顔を見合わせた。晃司が首を横に振った。「いいえ」

スマホを取りだし、ブラウザを開く。レイは入力窓に文字を打ちこんだ。「昴君のパソコンやスマホには、メールやSMSで通信した形跡がまるでなかった。理由は簡単です。クラスの子たちが通じ合うSNSがあり、やりとりはそこでおこなわれた。ブラウザの履歴から見つけました。アカウント名はみなファーストネーム。昴君はアルファベットでSUBARU。パスワードはそれぞれ独自にきめます。昴君はsotexxとしてました」

「意味わかりますか？」

晃司が応じた。「さっぱりですが」

「scum of the earth。世間のクズども、そんな意味のスラングの略です。xxはローマ数字で二十。世間のクズども二十人。昴君は同級生をそう見なしてたことになります」

「そんな馬鹿な！」晃司が声を張りあげた。「あの子は内気だし、性格もやさしいし、常に思慮深いんですよ」

レイはＳＮＳの画面をスクロールさせ、過去のやりとりを両親にしめした。「見てください」

夫婦が画面を覗《のぞ》きこむ。晃司は眉間《みけん》に深い縦皺《たてじわ》を刻んでいた。指を画面に滑らせ、さらに発言をさかのぼっていく。晃司の表情が深刻のいろを増していった。「これは……」

「そうです」レイはうなずいてみせた。「昴君がＳＮＳに入ってきても、誰ひとりあいさつしない。無視されているのに毎日参加するのは、そう強制されてるからでしょう。昴君に話しかけるのはチェルノ・カルダーウッドだけ。それも宿題をやっとけとか、今度のテスト中に答えのメモをまわせとか、命令口調に終始してます」

佐有里がこわばった顔でささやいた。「一見礼儀がないように見えても、子供どうしですし、友達の間柄ですから……。昴を罵倒《ばとう》してもいませんし」

「本当にそんなふうに思ってますか？」レイは佐有里を見つめた。「あからさまに罵《のの》ったりしないのは、証拠を残すまいとする子供の悪知恵かもしれません。小学生のころを思いかえせばわかるでしょう。いじめというのは、集団の冷やかな態度に端を発するものです」

「いじめだなんて」佐有里が悲鳴に似た声を発した。「ここはグアムですよ」

「公立小学校にはつきものです。人種差別も否定できません。孤島だからこそ、また子供だからこそ露骨なハラスメントが横行しがちなんです」

晃司がレイを見かえした。「昴はチェルノの家に監禁されていたのですか」

「いいえ。その可能性も捨てきれなかったのですが、やはり事実はちがいました。昴君はみずからチェルノの家に潜んだんです。ご両親にとってショックでしょうが、これは家出です」

夫婦は愕然《がくぜん》とした面持ちになった。ふたりとも揃って絶句し、声もでないようすだった。

レイはつづけた。「チェルノの父、ブルガッジィ・カルダーウッドは裕福だったのですが、事業に失敗し多額の借金を抱えました。闇金に手をだした結果、再来週の火曜までに利息ぶんだけでも払わないと、どうなるかわからない状況だったんです。よって夜逃げを図りました。まだ家にいるように見せかけながら、すでに家族三人でグアムを出国済みです」

晃司が面食らった顔になった。「空き家だったのですか」

「ええ。インターホンをIP電話経由でスマホに接続できるアプリがあるので、外国にいてもチャイムが鳴れば、あたかも在宅のように応答できます。さらに人影が映った動画を、プロジェクターで窓のカーテンに投影し、夜間に家族がいるかのごとく演出しました」

「世帯主には仕事があるでしょう」

「朝から晩まで、知り合いのチャモロ人に愛車を乗りまわさせ、仕事にでかけたように装ったんです。ブルガッジィはバリガダの造船会社の役員に名を連ねてますが、名目だけで出勤の事実はありません」

「一家はもう海外へ逃げおおせてるんでしょう？　いまだにインターホンで在宅を偽装してるんですか」

「再来週の火曜まで闇金業者らを安心させておき、逃亡の時間を稼ぐつもりでした」

「行き先は判明してるんですか」

「小細工したインターホンからIP電話の転送先をたどり、いまはメキシコにいるのが判明しました。すべてばれていると通話で呼びかけた結果、もう連絡もついてますが」

「そんな家にどうして昴が……」

「休み期間中、チェルノは昴君に宿題を代行させるのが常でした。筆記式のプリントを預ける一方で、オンラインの宿題については、毎日こっそり昴君を自宅に迎えていました。送信時に学校側がリモートホストを確認するため、昴君の自宅からの送信では都合が悪いからです」

佐有里が信じられないという反応をしめした。「昴が毎日、ひとりで家を抜けだしてたというんですか」

レイはうなずいた。「感謝祭休みや冬休みのあいだは連日、チェルノから押しつけられたバスの回数券で移動してました。やはり見知らぬ大人に寄り添い、同伴者がいるフリをして」

「まさかそんな……」

「ブルガッジィは息子チェルノに、破産の事実を伏せていました。近所に内緒で海外旅行にでかける、息子にはそう説明したんです。チェルノは休み明けまでに帰ると思い、いつもどおり昴君に宿題をやらせました。昴君に鍵《かぎ》を渡し、留守中は毎日ひとりで家に来て、宿題を送信するよう命じたんです」

カルダーウッド家には在宅を装うための工作が施されていたが、それらには触れないよう、チェルノは昴に厳命した。チェルノにしてみれば、お忍びの海外旅行でしかない。昴に宿題を代行させていることを、自分の親には伏せている以上、合鍵を昴に貸与した事実も伝えていなかった。オンラインの宿題がでていること自体、チェルノは親に話さずにいた。旅行が取りやめになるのを恐れたからだ。

ベテラン探偵のアボットがカルダーウッド家を訪問したとき、インターホンを通じチェルノの母親から、宿題のプリントは息子の部屋にあるときかされた。母親はそう信じているので、いっさい悪びれず堂々と答えた。よってアボットはそれ以上疑わなかった。

レイはいった。「宿題を送信するためだけに、毎日ひそかにカルダーウッド家を訪ねる。それが昴君の役割でした。でもある日、彼は自分の家に帰るのをやめた。チェルノの家族が旅行中なら、冬休みの終わりまで、そのまま居座ればいいと考えたんです」

昴はキッチンにあるものを少しずつ飲食し、四日間をしのいでいた。冷蔵庫の中身にはまだ余裕があった。ブルガッジィは二度と家に戻らないと知りながら、出発前に食料を処分できなかった。冷蔵庫を空にしたのでは、息子に疑われてしまう。自宅の電気やガス、水道の料金は払っていたらしい。いまのところライフラインは維持されていた。飲食物の備蓄もあると知り、昴は籠城《ろうじょう》を決めた。

佐有里の目にうっすらと涙が浮かんでいた。声を震わせながらささやいた。「昴はどうして家出なんか……」

レイは応じた。「ここから先はご家庭の問題です。昴君が学校生活を楽しんでいるとおっしゃいましたね？　友達も多くいると。本気でそう思ってたのなら認識不足です。もしご自身を偽っていたのなら、昴君を見放していたも同然になります。お子さんの心情や立場を察していましたか。悩みがあるならいってごらんと、問いかけたことがありましたか」

晃司が喉《のど》にからむ声でレイにいった。「私たちはできるかぎり、昴のために最善を尽くしてきたんですよ」

「それが果たせていなかったから、昴君は苦しんできたんでしょう。内心では、わからず屋の両親への反発を強めていた。でなきゃ昴君自身が誘拐を装ったりしません」

「え？」佐有里が見つめてきた。「いまなんて……」

「お宅の郵便受けに投げこまれた手紙です。チェルノの家にあったパソコンとプリンターで、昴君が作りました」

「そんなことありえません。なんの証拠があるんですか」

「昴君がみずから告白しました。パソコン上のファイルが消去されていても、プリンターには印刷ジョブのデータが残ってました」レイはため息をついた。「グアムへの移住は、本当に昴君の望んだことでしたか。そこから見直さなきゃなりません」

しばし静寂があった。思いあたるふしがあるのか、晃司は打ちのめされたように下を向いた。「そうかもしれません。私たちは自分の都合しか考えていなかったのかも」

佐有里がすがるような目を向けてきた。「昴に会わせてくれませんか」

レイはゆっくりと立ちあがった。「グアムの法律により、家出した子を保護者のもとに帰す前に、子供自身が戻りたがっているかどうか、真意をたしかめねばなりません。よろしいですか」

両親がうなずくのをまって、レイはひとり部屋をでた。

廊下を進み、別のドアに行き着く。ノックする前に、室内から笑い声がきこえてきた。レイはノブをまわし、そっとドアを開けた。

その部屋は未成年者の待機室だった。カーペットの上に玩具《おもちゃ》が散らばっている。昴の年齢には幼稚すぎるだろう、積み木や初歩的なパズルの類《たぐ》いだった。それでも昴は嬉々《きき》として、無邪気に遊びにふけっている。傍らにひざまずくパートナーと意気投合している、そのせいかもしれない。クレイニーも積み木の出来栄えを競っていた。

やがてクレイニーが顔をあげた。レイは目で合図した。

クレイニーが身体を起こした。「昴君、楽しかったよ。きみがその気なら、お母さんやお父さんと会う時間だ。どうする？　僕はこのまま遊んでもいいけど」

昴はクレイニーを見つめた。しばらく笑いが留《とど》まっていた顔に、憂いのいろが重なりだした。

けれども昴はクレイニーに対し、小さくうなずいた。

ほっとしたようにクレイニーが立ちあがった。「会いに行くか？　よし。ついてきなよ」

差し伸べられた手をとり、昴が歩きだした。退室する寸前、昴はレイを振りかえり、別れのしぐさをした。日本人のように手を横に振るのではない。真逆に解釈されがちな、日本における手招きに似たハンドサイン。バイバイのゼスチャーだった。

今後もグアムに住む。そんな意思表示だっただろうか。あるいはその反対か。

レイも廊下にでて、昴とクレイニーの後ろ姿を見送った。手をつなぎ歩くさまは、兄弟にも感じられてくる。

昴の気持ちがわかるとクレイニーはいった。子供のころ似たような立場だった、そんなふうにこぼした。だから昴の話し相手になった。実際、ふたりには通いあう心があったらしい。

背後に靴音をきいた。デニスとゲンゾーが歩み寄ってくる。

デニスがきいた。「終わったか？」

「アンセルムが親のもとに連れていった。打ち解けるかどうかは本人たちしだいだな」

「そうか」デニスの険しい表情がかすかに和らいだ。

その目をレイは見かえした。自然に想起される記憶がある。たぶんデニスの脳裏にもよぎっているだろう。

学校で疎外され、誰も助けてくれないとき、子供は強い孤独を感じる。世界から見放されたも同然と思いこむ。日々ひどく神経をすり減らして生きる。毎日が戦いだからだ。

理解できるのは、レイにもそんな経験があるせいだった。忘れもしない二年生《セカンドグレード》のある日、デニスがいった。よく話してくれた、打ち明けられたことが勇気だ。これからは父さんがレイを守るからな。

父は学校での人種差別に抗《あらが》ってくれた。親どうしのあいだでも、アジア人とのハーフのデニスは、白人のコミュニティから疎外されがちだったらしい。それでも断固として譲らなかった。主謀者親子のもとへ直談判に行き、最後はつかみあいの喧嘩《けんか》になった。デニスが警察官を免職になったのはそのせいだった。

だがそんな父を、いまでも誇りに思っている。あれが不祥事なものか。警察官から探偵になったのも地位の低下ではない。それを証明したくて、レイは最初から探偵になった。

レイはデニスを見つめた。デニスもレイを見かえした。この案件の真実が浮き彫りになってから、過去を当然のごとく連想しようとも、互いに言葉にしなかった。話すならいまかもしれない。

とはいえ、いまさら思いをたしかめあう必要があるだろうか。デニスのまなざしも、同感だとうったえていた。

「行こう」デニスが歩きだした。「カルダーウッド一家を説得して帰国をうながすよう、警部から依頼されてるしな」

苦笑とともにレイは歩調を合わせた。「警察も人手と金が不足してるね。探偵頼みだなんて」

「犯罪者の逃亡じゃないんだ、海外までは手がまわらんのだろう」

ゲンゾーも並んで歩きながら息巻いた。「ブルガッジィが戻ったら、とっちめてやらなきゃならん。俺たちグアムの探偵は日本人を守る。成田から四時間のアメリカだぞ。安心して来られんでどうする」

解　説——心地よく愉しく少し苦い新シリーズ

村《むら》上《かみ》貴《たか》史《し》（書評家）

■3——三人の探偵

心地よく、愉《たの》しく読める短篇集だ。

舞台となるのはグアム。日本人にもなじみ深い島である。この島の州道一号線に面して探偵事務所を構えているのが、イーストマウンテン・リサーチ社である。同社を経営する三人の探偵が、松岡圭祐が二〇一八年に新たに開始したシリーズの第一作である本書『グアムの探偵』の主人公だ。

一人目の探偵は、七十七歳のゲンゾー・ヒガシヤマ。幼少期に渡米した彼は、アメリカ市民権を得た過去を持つ元警察官である。フランス系アメリカ人と結婚し、一子をもうけた。

その子が、今や四十九歳になったデニス・ヒガシヤマである。ロサンゼルス市警に勤めたこともある探偵だ。

その息子、つまりはゲンゾーの孫が、レイ・ヒガシヤマである。二十五歳。グアム大学卒業後に警察学校の研修を経て、ライセンスを取得した探偵である。

探偵——といっても、日本の探偵とこの地の探偵には、相当の差異がある。日本よりずっと多くの権限を有しているのだ。なにしろ準州政府公認の私立調査官である。刑事事件にも関与できるし、拳銃《けんじゅう》も携帯可能。警察のデータベースにだって一定のアクセスが可能だ。探偵業法の制約はあるものの、基本は誰でもなれる日本の私立探偵とは、権限が雲泥の差なのである。もちろん、イーストマウンテン・リサーチ社の探偵たちも、そうした〝探偵〟だ。

日本からの観光客も多いグアムのこと、彼等イーストマウンテン・リサーチ社は、日本人がらみの依頼を受けることも多いのだが、地元の依頼を受けることもある。そんな彼等のバラエティに富んだ活躍が、本書には五篇収録されている。そのそれぞれについて、簡単に紹介していくとしよう。

■5——五つの短篇

第一話「ソリッド・シチュエーション」は、佐伯結菜《さえきゆな》という日本人観光客から、友人が行方不明になったという相談を持ち込まれて幕を開ける。一緒にグアムに来た鈴本優里奈《すずもとゆりな》が失踪《しっそう》したが、警察が真剣に探してくれないので、イーストマウンテン・リサーチ社に相談にきたのだ。

この二十一歳の日本人女性の失踪事件、ここまでの展開はまあ普通といえば普通のミステリだが、第二章（十九頁目だ）で、早くも普通ではない展開になる。第二章は鈴本優里奈の視点での記述に切り替わるのだが、その内容が奇妙なのだ。優里奈が攫《さら》われて監禁されていることはすぐに読者に伝えられるが、その監禁生活は、まったく誘拐事件の被害者らしからぬものであった。例えば、部屋は豪華絢爛《けんらん》なのに水は一滴も飲めない。なんともバランスを欠くのだ。その部屋で優里奈は、誘拐犯からTV画面越しに語りかけられ、〝取引〟をすることになる。誘拐犯は、水が欲しければ、着替えろというのだ。そしてそうした要求が手を替え品を替え続く。なかには卓球をせよという指示さえも……。

一体なにが起こっているのか。誰がなんのために優里奈を監禁したのか。そんな謎が読者を魅了する。一方で、佐伯結菜とともに優里奈を探すレイたちの調査も、グアムならではの犯罪事情という興味と、さらに、グアムの探偵ならではの進め方で読者を惹《ひ》きつける。

そして後半に入ると、事件は急に動き始め、サスペンスを増し、意外な犯人へと到達する。この緩急自在な展開が嬉《うれ》しい。さらに、意外な犯人を読者に納得させるための伏線が丁寧に張られている点も嬉しい。別の趣旨だと思って読んだ文章のなかに、重要な事実が隠されていたりするのである。思わず読み返したくなる一篇だ。

第二話「未明のバリガダハイツ」では、結婚してグアムで暮らし始めたキヨミ・ミドルトンという女性が、ストーカーに悩まされているという相談をイーストマウンテン・リサーチ社に持ち込む。日本で暮らしていた宮沢清美《みやさわきよみ》は、サンフランシスコ在住の作家のタツヒコ・ミドルトンと結婚し、グアムで暮らし始めたのだが、中学の時の同級生が彼女を追ってグアムまで来ているというのだ……。

これまた刺激的な一篇だ。日本から追いかけてくる程のストーカーから女性を守る、という構図が、想像以上に変化していくのである。しかも、第一話同様、変化のヒントが序盤から密《ひそ》かに提示されているので、いかに大きな変化であっても説得力がある。

そのうえで、だ。終盤第七章で示される一人の人物の〝余韻〟が、なんとも味わい深い。伏線に導かれた急展開のスリルとはまた異なる魅力、いうなれば、情の魅力も、この短篇には備わっているのである。異なる魅力のブレンドをしっかりと堪能《たんのう》したい。

第三話「グアムに蟬はいない」では、地元の事件が描かれる。まずは、騒音トラブルの仲裁、続いて、自室に立て籠《こ》もってしまった米軍大尉の説得という仕事だ。それぞれの依頼をイーストマウンテン・リサーチ社が順々に処理していくような展開なのだが、両者の繫《つな》がりがなかなかに衝撃的だ。読者が勝ったと思った瞬間に負けている――そんな衝撃を味わうのである。それと同時に、島の三分の一を米軍基地が占めているというグアムの現実を活《い》かした謎解きも愉しめる一篇だ。

第四話「ヨハネ・パウロ二世は踊らず」では、グアムで店を開いた日本人が、現地人の強盗に一万ドルを奪われた事件に、ゲンゾー・ヒガシヤマが首を突っ込んでいく。この短篇は、巧みな構成で読ませるというより、私立探偵による調査をストレートに描いた点を魅力とする一篇である。そんな調査行において着目したいのが、ある証拠品の扱いである。その証拠品にゲンゾーが着目した理由に読者は終盤で驚き、同時に納得させられるのである。こうした〝何故？〟で読者を惹きつける手腕に、著者のセンスを痛感する。

そして最終話「アガニアショッピングセンター」では、第一話と同様に誘拐事件が描かれる。第一話では犯人側の仕掛けに特徴があったが、本作では、被害者側に特徴がある。九歳の息子を誘拐したという脅迫状を受け取った夫婦がイーストマウンテン・リサーチ社を訪れ、事件発生当時の様子を語るのだが、その内容がなんとも非常識なのだ。子供と一緒にショッピングセンターを訪れていた母親の佐有里《さゆり》は、子供の行方が判らなくなった段階で自宅の住所を添えてツイッターで情報を求めてしまったり、子供が見つからないまま帰宅してしまったり（料理や掃除をしなければならないと思ったという）と、とにかく万事がそんな調子なのだ。それ故に、探偵は容疑者を絞り込めず、苦労させられるのである。そうした状況のなかで、レイとデニス、さらにゲンゾーは、手掛かりを見出《みいだ》し、手掛かりに基づいて調査を進め、情報を少しずつ増やし、真相に近付いていく。愚直に調査を進める彼等の活躍と、その果てに示される意外な真相、そしてその真相の苦み、緻密《ちみつ》に組み立てられた最終話に相応《ふさわ》しい一篇である。

■2――シリーズ第二弾

さて、冒頭で心地よく愉《たの》しく読めると書いたが、その読み味を損なわないかたちで、グアムの現実も、本書には綴《つづ》られている。

グアムでは誘拐や事故を警戒して、十三歳以下の子供はひとりで留守番できないとか、あるいは、大通りの路上で子供が遊ぶことが制限されているとか。金さえ払えば誘拐を請け負う者もいるとか。別の観点では、米国の準州でありアメリカ国籍で、さらに前述したように島の三分の一を米軍基地が占めているにもかかわらず、島民は大統領選挙での投票権を持たないことも、本書は教えてくれる。そしてそうしたグアムの現実は、何らかのかたちで――動機の背景であったり事件の構成要素であったり舞台であったり――ミステリと結びつけられて示される。それ故に、実に自然に読み手のなかに流れ込んでくるのだ。伏線が自然に読者の記憶に入り留《とど》まるのと同様に、だ。著者の情報提示能力は、それほどに優れているのである。

その松岡圭祐は、一九九七年に『催眠』でデビュー。九九年には元自衛官の臨床心理士岬美由紀《みさきみゆき》を主人公とする『千里眼』を発表。いずれもシリーズ化されて人気を博す。さらにその後、『万能鑑定士Q』『探偵の探偵』『水鏡推理』などの人気シリーズを放ち続けてきた。同時に、川島芳子《かわしまよしこ》を題材とした『生きている理由』や、第二次大戦中の映画製作を描く『ヒトラーの試写室』など、歴史エンターテインメント小説への挑戦も始めた。

そうした小説群のなかで、女性主人公を多く描いてきた松岡圭祐だが、この『グアムの探偵』は男たちの物語である。しかも彼等は親子関係で繋がった三人の男たちなので、(赤の他人同士が相棒として繋がる場合と較《くら》べ)連携が実に自然で、肩の力が抜けている。それが作品全体を貫く居心地のよさに結びついているのだろう。

その気楽に読める短篇集の最終話では、イーストマウンテン・リサーチ社の他のメンバーも顔を出している。主役の三人を押しのける程には出しゃばっておらず、読者に顔と名前を示す程度で、今後の本格的な活躍を予感させる。

また、読者はすでに冒頭でお気付きかもしれないが、スマ・リサーチ代表取締役の須磨康臣《すまやすおみ》も顔を出している。須磨康臣といえば、『探偵の探偵』シリーズで重要な役割を果たし、『探偵の鑑定』によって『万能鑑定士Q』とも繋がりを持っている人物だ。その彼が本書に顔を出し、イーストマウンテン・リサーチ社と自分との繋がりを語っているのである。これまた作品世界が広がっていきそうな予感がする。

そうした様々な愉しみを胸に、二〇一八年十一月に刊行されるというシリーズ第二弾を待ちたい。日本から四時間の米国グアムで、次は一体どんな事件が起き、それをグアムの探偵たちはどう解決していくのか。期待感しかない。

松岡圭祐

新シリーズ　続々刊行!!

『グアムの探偵２』

角川文庫

全5編収録「スキューバダイビングの幻想」

「ガンビーチ・ロードをたどれば」「天国へ向かう船」

「シェラトン・ラグーナ・グアム・リゾート」

「センターコート@マイクロネシアモール」

２０１８年11月25日刊行予定

本書は書き下ろしです。

グアムの探偵《たんてい》

松岡圭祐《まつおかけいすけ》

平成30年 10月25日　初版発行

発行者●郡司 聡

発行●株式会社KADOKAWA
〒102-8177　東京都千代田区富士見2-13-3
電話　0570-002-301（ナビダイヤル）

角川文庫 21234

印刷所●株式会社暁印刷
製本所●株式会社ビルディング・ブックセンター

表紙画●和田三造

ISBN 978-4-04-107644-6　C0193

角川文庫発刊に際して

角　川　源　義

第二次世界大戦の敗北は、軍事力の敗北であった以上に、私たちの若い文化力の敗退であった。私たちの文化が戦争に対して如何に無力であり、単なるあだ花に過ぎなかったかを、私たちは身を以て体験し痛感した。西洋近代文化の摂取にとって、明治以後八十年の歳月は決して短かすぎたとは言えない。にもかかわらず、近代文化の伝統を確立し、自由な批判と柔軟な良識に富む文化層として自らを形成することに私たちは失敗して来た。そしてこれは、各層への文化の普及滲透を任務とする出版人の責任でもあった。

一九四五年以来、私たちは再び振出しに戻り、第一歩から踏み出すことを余儀なくされた。これは大きな不幸ではあるが、反面、これまでの混沌・未熟・歪曲の中にあった我が国の文化に秩序と確たる基礎を齎らすためには絶好の機会でもある。角川書店は、このような祖国の文化的危機にあたり、微力をも顧みず再建の礎石たるべき抱負と決意とをもって出発したが、ここに創立以来の念願を果すべく角川文庫を発刊する。これまで刊行されたあらゆる全集叢書文庫類の長所と短所とを検討し、古今東西の不朽の典籍を、良心的編集のもとに、廉価に、そして書架にふさわしい美本として、多くのひとびとに提供しようとする。しかし私たちは徒らに百科全書的な知識のジレッタントを作ることを目的とせず、あくまで祖国の文化に秩序と再建への道を示し、この文庫を角川書店の栄ある事業として、今後永久に継続発展せしめ、学芸と教養との殿堂として大成せんことを期したい。多くの読書子の愛情ある忠言と支持とによって、この希望と抱負とを完遂せしめられんことを願う。

一九四九年五月三日

戦下の日独映画界で展開する
衝撃と感動の物語

松岡圭祐の、これが新たな代表作だ――吉田大助（文芸ライター）

『ヒトラーの試写室』

著・松岡圭祐

ナチス宣伝大臣ゲッベルスの悪魔的陰謀に立ち向かった日本人技術者がいた！　意外すぎる史実に基づく、愛と悲喜に満ちた事件の熱き真相。

角川文庫

角川文庫ベストセラー

万能鑑定士Qの事件簿（全12巻）　松岡圭祐

23歳、凜田莉子の事務所の看板に刻まれるのは「万能鑑定士Q」。喜怒哀楽を伴う記憶術で広範囲な知識を有す莉子は、瞬時に万物の真価・真贋・真相を見破る！　日本を変える頭脳派新ヒロイン誕生!!

万能鑑定士Qの推理劇　Ⅰ　松岡圭祐

天然少女だった凜田莉子は、その感受性を役立てるすべを知り、わずか5年で驚異の頭脳派に成長する。次々と難事件を解決する莉子に謎の招待状が……面白くて知恵がつく、人の死なないミステリの決定版。

万能鑑定士Qの推理劇　Ⅱ　松岡圭祐

ホームズの未発表原稿と『不思議の国のアリス』史上初の和訳本。2つの古書が莉子に「万能鑑定士Q」閉店を決意させる。オークションハウスに転職した莉子が2冊の秘密に出会った時、過去最大の衝撃が襲う!!

万能鑑定士Qの推理劇　Ⅲ　松岡圭祐

「あなたの過去を帳消しにします」。全国の腕利き贋作師に届いた、謎のツアー招待状。凜田莉子に更生を約束した錦織英樹も参加を決める。不可解な旅程に潜む巧妙なる罠を、莉子は暴けるのか!?

万能鑑定士Qの推理劇　Ⅳ　松岡圭祐

「万能鑑定士Q」に不審者が侵入した。変わり果てた事務所には、かつて東京23区を覆った〝因縁のシール〟が何百何千も貼られていた！　公私ともに凜田莉子を激震が襲う中、小笠原悠斗は彼女を守れるのか!?

角川文庫ベストセラー

万能鑑定士Qの探偵譚　松岡圭祐

波照間に戻った凜田莉子と小笠原悠斗を待ち受ける新たな事件。悠斗への想いと自らの進む道を確かめるため、莉子は再び「万能鑑定士Q」として事件に立ち向かい、羽ばたくことができるのか？

万能鑑定士Qの謎解き　松岡圭祐

幾多の人の死なないミステリに挑んできた凜田莉子。彼女が直面した最大の謎は大陸からの複製品の山だった。しかもその製造元、首謀者は不明。仏像、陶器、絵画にまつわる新たな不可解を莉子は解明できるか。

万能鑑定士Qの短編集　I　松岡圭祐

一つのエピソードでは物足りない方へ、そしてシリーズ初読の貴方へ送る傑作群！　第1話 凜田莉子登場／第2話 水晶に秘めし詭計／第3話 バスケットの長い旅／第4話 絵画泥棒と添乗員／第5話 長いお別れ。

万能鑑定士Qの短編集　II　松岡圭祐

「面白くて知恵がつく人の死なないミステリ」、夢中で楽しめる至福の読書！　第1話 物理的不可能／第2話 雨森華蓮の出所／第3話 見えない人間／第4話 賢者の贈り物／第5話 チェリー・ブロッサムの憂鬱。

特等添乗員αの難事件　I　松岡圭祐

掟破りの推理法で真相を解明する水平思考に天性の才を発揮する浅倉絢奈。中卒だった彼女は如何にして閃きの小悪魔と化したのか？　鑑定家の凜田莉子、『週刊角川』の小笠原らとともに挑む知の冒険、開幕!!

角川文庫ベストセラー

千里眼　The Start　　　　　　松岡圭祐

千里眼　ファントム・クォーター　　松岡圭祐

千里眼の水晶体　　　　　　　　　松岡圭祐

千里眼　ミッドタウンタワーの迷宮　松岡圭祐

千里眼の教室　　　　　　　　　　松岡圭祐

トラウマは本当に人の人生を左右するのか。両親との辛い別れの思い出を胸に秘め、航空機爆破計画に立ち向かう岬美由紀。その心の声が初めて描かれる！シリーズ600万部を超える超弩級エンタテインメント！

消えるマントの実現となる恐るべき機能を持つ繊維の開発が進んでいた。一方、千里眼の能力を必要としていたロシアンマフィアに誘拐された美由紀が目を開くと、そこは幻影の地区と呼ばれる奇妙な街角だった――。

高温でなければ活性化しないはずの旧日本軍の生物化学兵器。折からの気候温暖化によって、このウィルスが暴れ出した！汚染した親友を救うために、岬美由紀はワクチンを入手すべくF15の操縦桿を握る。

六本木に新しくお目見えした東京ミッドタウンを舞台に繰り広げられるスパイ情報戦。巧妙な罠に陥り千里眼の能力を奪われ、ズタズタにされた岬美由紀、絶体絶命のピンチ！新シリーズ書き下ろし第4弾！

我が高校国は独立を宣言し、主権を無視する日本国へは生徒の粛清をもって対抗する。前代未聞の宣言の裏に隠された真実に岬美由紀が迫る。いじめ・教育から心の問題までを深く抉り出す渾身の書き下ろし！